Paul Stein

Johannes Gutenberg

Kulturhistorischer Roman - 1. Band

Paul Stein

Johannes Gutenberg
Kulturhistorischer Roman - 1. Band

ISBN/EAN: 9783743628205

Hergestellt in Europa, USA, Kanada, Australien, Japan

Cover: Foto ©Andreas Hilbeck / pixelio.de

Weitere Bücher finden Sie auf **www.hansebooks.com**

Johannes Gutenberg.

Kultur-historischer Roman

von

Paul Stein.

Erster Band.

Leipzig,
Fr. Wilh. Grunow.
1861.

1.

Das vierzehnte Jahrhundert neigte sein greises Haupt in das bedeutungsvolle Meer dahingegangener Zeiten; doch wie alle seine Vorfahren, die das politische Bewußtsein der Völker dem Grabe entrissen und somit ihr unsterbliches Theil, die fortlaufende Geschichte der Menschheit gerettet, blieb auch der zu Ende gehende Zeitabschnitt mit seinem geschichtlichen Leben an den Thoren des neuen stehen und ragte in denselben hinein mit all seiner Größe und Kleinheit, seinen Irrthümern und Wahrheiten, seinen Tugenden und Lastern, sich mit ihnen an die Ferse des unaufhaltsamen Schrittes der Zeit kettend, und so an die unendliche Zukunft.

Die verworrenen politischen, wie kirchlichen Zustände Deutschlands traten damals noch schroffer und herber hervor, als heutzutage, sie zeigten eine noch

viel größere Zerrissenheit der einzelnen Theile unse=
res Vaterlandes und hatten unaufhörliche Streitig=
keiten und barbarische Fehden in ihrem Gefolge. Die
letzten Zeiten des Mittelalters bieten in dieser Hin=
sicht ein erschütterndes, trauriges Bild, das bei
einer einigermaßen genaueren Betrachtung viel von
dem romantischen Zauber aufhebt, in den man so
gerne die Vergangenheit, besonders die ritterliche
Zeitperiode kleidet. Nur den Kern des deutschen
Volkes, das Bürgerthum sehen wir damals, wie
fast zu allen Zeiten, als den Träger des besseren
Lebens, als den Schutz und Schirm eines besseren
Strebens im innigsten Verbande mit der fortschrei=
tenden Civilisation. In den Städten, dem Sitze
der bürgerlichen Rechte und Freiheiten, suchte man
sich gegen die weltliche und kirchliche Despotie zu
schützen und hinter ihren festen Mauern einen Wall
aufzuthürmen gegen die Anmaßungen des Ritter=
thums und seine raubsüchtigen Gelüste, wie gegen
die beengende Macht der Hierarchie. In ihnen blüh=
ten trotz oft wiederkehrender Stürme Handel und
Industrie, Künste und Wissenschaften, mitunter in
einem Flore auf, den man mit Erstaunen betrach=
tet, wenn man bedenkt, welch steter Kampf seinem

Gedeihen entgegenstand, welchen Schatzungen, selbst Verheerungen seine Pflanzorte nur zu häufig unterworfen waren.

Der Städtebund, gegen solche Bedrückungen entstanden, gewann besonders zu Ende des vierzehnten Jahrhunderts durch den Beitritt mehrerer friedliebenden Fürsten und Herren eine große Bedeutung und wurde so mächtig im Süden, wie die Hanse im Norden. Aber gerade auf diesem Höhepunkte der Macht entwickelte sich, wie dies häufig zu geschehen pflegt, auch wieder ein Keim des Verderbens. Die immer größer werdende Bedeutung, welche die Städte erlangten, machte sie übermüthig, ihre Gegner mißtrauisch und rachsüchtig. Diese suchten in dem Wohlstande und der zunehmenden Macht jener eine drohende Gefahr für Kaiser und Reich zu finden, weil sie ihre persönlichen Rechte und Ansprüche dadurch gefährdet sahen. Der Reichthum des Bürgerstandes, eine Folge seines Fleißes, und der damit verbundene Fortschritt, wie der wachsende Stolz der Patriziergeschlechter, die in ihnen eingebürgert waren, erweckte den Neid und die Mißgunst der Ritterschaft und der Großen des Reiches, und wie sie sich unter einander um Rechte und An-

sprüche befehdeten, so lebten sie auch in fast ununter=
terbrochenem Streit mit den Städten, die bald von
dem Reichsoberhaupte beschützt, bald von ihm ange=
feindet wurden, je nachdem es im Interesse seiner
Macht, oder auch in seiner Willkür lag.

Während zu Anfang des fünfzehnten Jahrhun=
derts die Kriege mit den Türken und Tartaren auf
die Städte Italiens einen günstigen Einfluß ausüb=
ten, indem die aus allen Gegenden des Ostens ent=
fliehenden Gelehrten und Künstler sich dort nieder=
ließen und der Bildung, welche sich auf den Trüm=
mern des klassischen Alterthums seit Jahrhunderten
wieder erhoben hatte, einen neuen Aufschwung ga=
ben, litt Deutschland unter diesen Verhältnissen.
Ein hemmendes Band legte sich dadurch, wenn auch
nicht gerade unmittelbar, an das Fortschreiten seiner
Civilisation. Die deutschen Kaiser brauchten zu den
Türkenkriegen die Päpste, was dem Anstreben der
deutschen Nation gegen den beengenden, römischen
Druck wenig Vorschub leistete; dazu kam, daß man
auf alle Weise die Mittel zu diesen Kriegen aufzu=
treiben suchte und mitunter zu ungerechten Er=
pressungen griff. Zu diesen unerquicklichen Zu=
ständen gesellten sich die nicht endenwollenden Feh=

ben und Streitigkeiten im Reiche selbst. Zwei Kaiser rangen um Herrschaft und Anerkennung. Der böhmische Wenzel, von einigen Fürsten, den mainzer Erzbischof an ihrer Spitze, seiner Würde als deutscher Kaiser verlustig erklärt, widersetzte sich diesem Ausspruche. Ruprecht von der Pfalz, an seine Stelle erwählt, wußte sich nur theilweise Anerkennung zu verschaffen.

So standen die Reichsoberhäupter in Partheikämpfen einander gegenüber, während Gefahr von Außen drohte, und zwei, später sogar drei Päpste um die kirchliche Oberherrschaft sich stritten und jeder seine heiligen Rechte darauf nicht nur durch das überzeugende Wort, sondern auch durch die Stärke der Waffen zu behaupten suchte.

Diese unheilvollen Spaltungen und Fehden, diese herrsch= und ländersüchtigen Gelüste, welche durch alle Gauen und um die festen Mauern der Städte tobten, mußten diese erschüttern und einen schlimmen Einfluß auf das Leben darin ausüben. Die aufstrebenden Zünfte hatten sich schon häufig den Ansprüchen der Patrizier entgegengestellt, welche den Adel der Städte bildend, sich weit über ihnen stehend dünkten und mit Hochmuth auf das gewerbliche Trei-

ben herab blickten. Das Bürgerthum, bewußt
seines Werthes und seiner Bedeutung, im stolzen
Gefühle seines aus der Arbeit hervorgegangenen
Reichthums, strebte nach gleicher Berechtigung. Die
allgemeinen verworrenen Zustände nährten die Gäh-
rung in den Gemüthern und stellten die sich anfein-
denden Elemente immer schroffer einander gegenüber.
In den meisten Städten behaupteten sich die Zünfte
siegreich gegen die Anmaßungen der Patrizier, wie
auch gegen rohe Gewalt von Außen. Handel und
Gewerbe, Künste und Wissenschaften fanden in ihrem
Schooße noch immer einen sichern Hort, soweit es
die traurigen politischen und kirchlichen Zustände
möglich machten. Mit vieler Beharrlichkeit wußten
die Städte sich diese ihre höchsten Güter zu wahren,
— und da Druck stets Gegendruck erzeugt, Wider-
stand und Gefahr die Kraft stählt und zum Bewußtsein ihrer Nothwendigkeit und Bedeutung bringt,
fühlte auch das Bürgerthum seinen Muth wachsen,
damit seine Macht steigen, und die errungenen Rechte
als ein unantastbares Heiligthum betrachten.

Der durch alle Zeiten fortlaufende Kampf des
Lichtes mit der Finsterniß, der Arbeit mit dem Drucke
trat in immer bestimmterer Gestalt hervor. Zeigte

sich auch hiebei vieles Bedauerliche, mancher momentane Nachtheil, selbst Ungerechtigkeiten jeder Art, so entwickelte sich doch auch darunter der welterschütternde Keim, der die Reformation in sich barg, die mit Huß Opfertod ihren eigentlichen Anfang nahm. Der Geist, der das Mittelalter gehalten, hatte sich überlebt, seine ritterlichen Tugenden waren zu einem Schattenbilde geworden, seine naturwüchsige Kraft dahingesunken, und aus den Trümmern der gepriesenen deutschen Treue und Biederkeit blickten überall Verrath und rohe Gewalt hervor. Das ritterliche, stattliche Gebäude, geziert mit adeligem Sinn und frommer, naiver Anschauungsweise, von romantischem Zauber umwoben, war zusammengesunken und enthüllte bei seinem Einsturze seine Schattenseiten und Gebrechen, welche es wuchernd überzogen und zu bedauernswerthen Auswüchsen sich gestalteten, nur zu sehr. Neues Leben und Weben wollte sich darüber hinweg in den Vordergrund drängen, allein der Boden war so unsicher, nirgends ein fester Halt darauf zu finden — und die Schwingen fehlten, um mit kühnem Fluge über ihn hinwegzukommen, frei und sicher über diese morschen Ueberreste sich zu erheben und über Län-

der und Meere die mächtigste Waffe, die seelen=
verbindenden Ideen, zu tragen. Es fehlte das ver=
mittelnde Wort, die Zeichensprache, die in tausend=
fältiger Kunde die Gedanken, diese befruchtenden
Kinder des Geistes mit elektrischer Schnelle, mit
dem Leuchten des Blitzes von Ort zu Ort verbrei=
tet, Raum und Zeit verbindet, Vergangenheit
und Zukunft erhellt und so der Gegenwart den Weg
zum Heile bahnt. Wohl schrieb man Pergament=
rollen und dicke Folianten mühsam, in Jahre langer
Arbeit, mit zierlicher Schrift, und verwahrte diese
Schätze sorgfältig in Archiven und Klöstern oder
hinter goldenen Schlössern; — dem Gesammtleben
gehörten sie nicht an, — sie waren nicht dafür be=
stimmt, auch nicht dafür geeignet, und wurden ihm
daher auch nicht zugänglich. Verstand doch selbst
nur ein kleiner Theil Bevorzugter die Schrift zu
entziffern, welche als eine schöne geheimnißvolle
Blüthe gepflegt wurde, deren Duft nur unter einer
gläsernen Glocke ausströmen durfte. Mit der fort=
schreitenden Civilisation regte sich auch das Bedürf=
niß nach einer größeren Verbreitung dieser Kunst,
und man sah in den Städten, im Schooße reicher
Familien sie pflegen, in Schlössern und Burgen sie

üben von strebsamen Frauen und den der Kirche be=
stimmten Söhnen. Auch Schönschreiber tauchten auf,
die bald eine eigne Zunft bildeten, aber für das
allgemeine Leben war dies ein kleiner Gewinn,
konnte von keiner Bedeutung sein, was mühsame
Arbeit einigen Reichen und Bevorzugten als ein
schönes, seltenes Kunstwerk darreichte.

Von den Städten, die an dem schönen Ufer des
Rheins sich erhoben, war Mainz die begünstigste:
ihre Bürger hatten von alten Zeiten her vortheil=
hafte Freibriefe und Privilegien zu erringen gewußt,
theils durch treue Dienste, welche sie ihren Erzbi=
schöfen in Zeiten der Noth erzeigt, theils durch
muthvolle Abwehr weltlichen und geistlichen Druckes,
theils auch durch den Einfluß, den sie mitunter auf
die Wahl ihrer Erzbischöfe ausübten und daran vor=
theilhafte Bedingungen für sich zu knüpfen wußten.

Die reiche mächtige Stadt erhielt daher auch
den Namen das „güldene Mainz“ und ein gleich=
zeitiger Schriftsteller berichtet von ihr, daß sie mit
Recht so genannt werde, indem sie strotze von statt=
lichen Häusern, herrlichen Kirchen und Klöstern und
schönen Denkmalen; Künste, Handel und Gewerbe in
ihren Mauern blühten, wie in keiner andern Stadt

am Rhein. Ihre Bürger dünkten sich so gut, als
die reichen Patrizier, die allda in ihren stolzen Höfen wohnten und sie gingen einher, gleich den Vor-
nehmsten. Das „gülbene Mainz" habe nur den einen
Fehler zu enger Gassen, sonst sei kein anderer in
ihm zu finden. — Glückliche Stadt, von der man
solches berichten konnte!

Wir wollen dich jedoch zuerst in einer deiner
getadelten engen Gassen begrüßen, und dort in ein
weitläufiges Gebäude eintreten, das ein kleines
Quadrat einnahm, mit der Hauptseite an eine
belebte Straße stieß, die andere aber an spitzgiebe-
lige Häuser anlehnte und kleine winkelige Gäßchen
damit begrenzte. Das Gebäude selbst bestand aus
verschiedenen an und in einander gefügten Wohnungen,
Treppen, Gängen und Winkeln und war über seinem Haupteingange mit der buntgemalten Holzfigur
eines Heiligen, an den Ecken der Vorderseite mit
vorspringenden Erkern geziert. Hinter dem Haupt-
theile ragte ein kleiner Thurm hervor, gleichsam ein
sicherer Mittelpunkt für die in verschiedenen Zeit-
räumen launenhaft zusammengefügten Steinmassen.
Der Thurm stand auf einem Theile des Gebäudes,
der zwei Hofräume auseinander schied und durch

schmale Gänge mit dem Haupthause verbunden war.
Hier wohnte der jüngere Sohn des Hauptzweiges
der Familie Genßfleisch, der jedoch bereits ein Herr
in guten Jahren war. Schon seit lange verheira=
thet, schien ihm nur ein einziger Nachkomme be=
stimmt, denn Frielo hatte bereits sein achtzehntes
Jahr erreicht, als des Himmels Segen noch ein=
mal die glücklichen Eltern mit einem Sohne be=
schenkte.

In einem kleinen Gemache, das etwas höher
lag, als die andern Stuben und Kammern, gerade
unter dem Thurme, saß die noch recht jugendlich
aussehende Mutter neben einer Wiege, in der ein
schlummerndes Kind lag. Es war ein schöner Knabe
mit lichtbraunem, geringeltem Haare und runden
Wangen, weiß und rosig wie eine Maiblüthe, hold=
selig lächelnd wie das Christkind in den gläubigen
Träumen unschuldiger Jugend, und so helle schim=
mernd, als ob der göttliche Athem, der die Seele
dem zarten Körper eingehaucht, seine himmlischen
Spuren darauf zurückgelassen hätte.

Ein schon ziemlich bejahrter Mann, in dunklem
Gewande, stand angelehnt an den Sessel der Mut=
ter und blickte über ihre Schulter hinweg mit sicht=

licher Freude auf das ruhig schlummernde kleine Wesen, dann sah er wieder in die glückliche Miene der
Frau, die von heilig stolzer Mutterfreude strahlte.

„Wirklich ein wunderbar schönes Kind, Frau Else,"
sprach er nach einer langen Pause tiefen Schweigens.
„Gottes Segen sei mit ihm immerdar!"

„Amen, Amen, guter Pater Martin!" sprach die
Frau in gedämpftem Tone nach und ihr Auge hob
sich von dem Kinde hinweg, einen Augenblick andächtig empor, dann richtete sie es auf den Mann
in dem dunkeln Gewande, reichte ihm zu herzlichem
Drucke die Hand und sagte: „So später Segen kommt
doch wohl ganz absonderlich von Oben. Meint Ihr
nicht auch, Pater Martin?"

„Wir wollen's so annehmen, Frau Else," er-
wiederte er, gutmüthig lächelnd. „Habt Ihr doch
jetzt statt einer zwei Stützen Eures Hauses."

„Und einen Sohn für meinen Namen, guter
Pater," fiel sie schnell ein. „Will er doch erlöschen
mit der alten Mutter, die man bald neben den Vater in der Kirche zum heiligen Franziskus betten wird.
Bin ich doch die Einzige noch von den Gutenberg,
— ein schwaches Zweiglein, das keinen selbständigen
Namen trägt. Darum, daß er nicht ganz dahinsinke

in der Zeiten Schooß und vergessen sei für immerdar, soll er ihn künftig tragen, er, Johannes, mein
jüngster Sohn und" setzte sie leise hinzu: „meines
Herzens höchste Wonne. Frielo soll des Vaters Erbe
sein," fuhr sie nach einer Weile fort, „wie sich für
den Erstgebornen ziemt. Auch ist er mit Leib und
Seele ganz ein Abkömmling seines Geschlechtes; —
er pflanze seinen Namen fort, — Johann dagegen
den meinen, er nenne sich Johannes Gutenberg."

„Gensfleisch zum Gutenberg? So wird es Euer
Eheherr doch wohl nur wollen," ergänzte Pater
Martin.

Frau Else erwiderte nichts hierauf, doch ihr zu-
friedener Blick auf das Kind, ihr freundliches Lächeln,
in das sich ein klein wenig Schalkhaftigkeit mischte,
ließen vermuthen, daß sie bei sich dachte: ich will
ihn schon lehren, mit meiner Liebe lehren, welcher
Name ihm der wertheste sei und durch ihn auf die
Nachwelt kommen soll. Pater Martin beugte sich zu
ihr nieder und flüsterte:

„Der Kleine da wird vielleicht einst ein gelehrige-
rer Schüler von mir werden, als es der Frielo gewesen. Dem ist Buch. und Schrift nicht sonderlich

werth, der läuft lieber hinaus und übt ritterliche
Künste und lustirt sich bei fröhlichen Gelagen."

„Er ist jung und frohen Sinnes, — lassen wir
ihm seine Weise," entschuldigte die Mutter. „Wie
lange wird's noch dauern, und mit der sorglosen
Jugend hat's ein Ende. Soll er doch nach des
Vaters Willen das Hofgut zu Eltwill bald über=
nehmen, — dann muß er sich eine Ehefrau suchen,
und dann kommt der Ernst des Lebens schon von
selbst, Vater Martin. Ihr wißt das nicht so —
habt nicht Haus und Hof zu verwalten, nicht um
Weib und Kind Euch zu sorgen."

Der Pater schüttelte bei dieser Bemerkung ein
klein wenig sein kahles Haupt, das ein schmaler
Kranz früh ergrauten Haares umzog, und blickte fast
vorwurfsvoll auf die milde, sorgende Mutter und
ihr schönes Kind, dann sagte er mit etwas melan=
cholischem Anfluge: „Da habt Ihr wohl recht, Frau
Else, solche Sorgen drücken das Herz eines ein=
samen Lebenswandlers, wie ich einer bin, nicht —
und er hat dennoch eine Heimath, die ihn jederzeit
aufnimmt, einen Hort, der ihn beschützt in Noth
und Tod: die Kirche und das — Himmelreich. Aber
seht, Frau Else, so trostreich, so beruhigend und er=

haben das auch ist, wird eben doch das schwache Menschenherz nicht immer dadurch befriedigt. Dies kleine, räthselhafte Ding in unserer Brust hat Stellen, die, wenn auch lange überdeckt, oft plötzlich hervortreten, um mit ihrem irdischen Rechte hart bei uns anzuklopfen, und dann das, Frau Else, was Ihr Sorgen nennt und der einsame Wanderer nicht hat, ihn in solchen Stunden nicht Sorgen, sondern Freuden bedünken wollen, grade so wie sich's paßte für sein irdisch Theil, das nun eben einmal der gütige Vater dort oben so und nicht anders geschaffen hat."

Frau Else legte die Hand auf's Herz und sah den Pater theilnehmend und fragend an, als verlange sie, noch weiter darüber von ihm zu hören. Er aber nickte ihr nur freundlich zu. Das sollte wohl heißen: es ist genug, du hast mich schon verstanden, — und hast du's nicht, ist's auch gut — besser vielleicht, — dann fuhr er mit einiger Salbung fort:

„Jeder Stand hat seine Anfechtungen, jedes Menschenherz seine schwachen Stunden, wo es mit sich selbst zu ringen hat; — wohl dem, der pflichtgetreu daraus hervorgeht. Ich glaube, Frau Else, wir

Beide haben uns darüber keine Vorwürfe zu ma=
chen. Ihr seid das Muster einer ehrsamen Haus=
frau, einer guten Mutter und getreuen Freundin; —
ich erfülle, so weit meine Kraft ausreicht, die Pflich=
ten meines heiligen Standes, wie auch diejenigen,
welche ich vor zehn Jahren in Eurem Hause über=
nommen habe. Daß Frielo nicht so viel gelernt, als
Ihr gewünscht, war nicht meine Schuld."

„Nein! Nein! Bei Leibe nicht!" fiel Else eifrig
ein. „Wer dächte je daran? Ihr gabt Euch Mühe
genug. Laßt uns hoffen, Pater Martin, daß der
kleine Johannes Euch mehr Freude als der Frielo
machen wird, und Ihr in ihm auch den Lohn Eurer
Mühen finden werdet."

Ein schlürfender, schwerfälliger Gang wurde drau=
ßen hörbar. Else horchte gespannt darauf, wie auf
einen bekannten und doch überraschenden Laut, dann
eilte sie rasch, aber leise, um das Kind nicht zu er=
wecken, der Thüre zu, die sich eben öffnete. Eine
alte Frau in gebeugter, fast gekrümmter Haltung,
von einer Magd geführt, erschien darunter. Um
ihre faltige Stirn lag ein silberweißer Scheitel, von
einer schwarzen, schleierartigen Haube überdeckt. In
den verwitterten Zügen konnte man noch einige Spu=

ren früherer Schönheit entdecken, wenn man sie sorgfältig, oder mit dem Auge der Liebe prüfte. Auf
den ersten Blick jedoch hatten sie etwas unheimliches.
Das große, weitgeöffnete Auge starrte glanzlos und
unbestimmt in die Ferne und die Farbe des Gesichtes war von gelblichter Blässe.

„Mutter, Ihr kommt zu mir? Wagt es, noch
einmal auszugehen?" fragte Else halb freudig, halb
ängstlich.

„Es duldete mich nicht mehr zu Hause," erwiderte die alte Frau, sich mühsam emporrichtend.
„Der junge Sprosse trieb mich heraus, der bei Dir
aufgeblüht ist. Kann ich ihn auch nicht sehen, so
doch anfühlen und an mein altes Herz drücken —
und dann zufrieden dahin gehen, von wo keine Wie-
derkehr."

„Ich wollte den Enkel Euch bringen, Mutter,
in der ersten guten Stunde, die es mir erlaubt auszugehen, und dachte, das Kind morgen in Eure
Arme zu legen," sagte Frau Else, während sie sorg-
lich die alte Großmutter an das Bett des Enkels
führte.

„Zwischen heute und morgen liegen Stunden —
liegt eine ganze lange Nacht," sprach die Alte mehr

zu sich selbst, als zu ihrer Tochter, dann tastete sie an
der Wiege umher und faßte das Kind und rief heiter: „Da ist er ja, der kleine Erbensohn!" Sie
nahm den schlummernden Säugling in ihre Arme
und ließ sich mit ihm auf den Sessel nieder, an
dem Pater Martin noch immer lehnte. Else rückte
sich einen andern Stuhl herbei und setzte sich neben
die alte Mutter zum Schutze für das zarte Kind,
das sie in den zitternden Armen der Blinden nicht
recht geborgen glaubte. Diese betastete prüfend die
Züge ihres Nachkommen; ihr schattiges Gesicht klärte
sich dabei sichtlich auf und freudig sagte sie:

„Das ist ein Gutenberg."

„So soll er auch heißen," fiel Else ein. „Gutenberg — Gensßfleisch zum Gutenberg. Es wird
Euch so recht sein, gute Mutter? Pater Martin
meint auch, der späte Nachkömmling schlage ganz in
das Gutenberg'sche Geschlecht."

„Ist er hier, der Kinderpfaffe?" fragte die Alte,
lauschend das Haupt zur Seite neigend. „Warum
regt Ihr Euch denn jetzt erst, Pater Martin?" fuhr
sie fort, als dieser zum Zeichen seiner Anwesenheit
ihre Hand faßte. „Wißt Ihr doch, daß mir das
Augenlicht fehlt, und ich dem letzten Gottesgruß

bieten kann, der sich mir nicht durch irgend ein Zeichen kund thut."

„Das heißt wohl, Frau Gutenbergin, ich hätte Euch zuerst einen Gruß bieten sollen," erwiderte der Pater, „doch glaubt, im Herzen that ich es bei Eurem Eintritt, aber seht, Euer Kommen hat uns so sehr überrascht — und wenn Ihr naht, sind Sinn und Gedanken nur darauf gerichtet, daß Euch kein Stein des Anstoßes im Wege liege, und da vergißt man leicht das grüßende Wort darüber."

„Ja, ja!" bestätigte die Blinde. „Und bedauert und bejammert die Unglückliche im Stillen, die nicht mehr ohne Führer sicher auf der Erde wandeln kann. Allein es ist so schlimm nicht, als Ihr meint, in dieser Dunkelheit zu leben. Man gewöhnt sich daran und schafft sich nach und nach ein ganz eignes Licht in seiner Finsterniß. Es mag wohl anders leuchten als des Himmels helles Auge und andere Farben die dunkle Welt schmücken, als unter seinem heiteren Blau die schöne Erde zeigt, doch mir ist's: ich möchte diese mit jener nicht mehr vertauschen. Vor meinem umnachteten Blicke entwickeln sich oft wunderbare Dinge und Gestalten, wie ich keine im Leben ge- schaut, und dann däucht es mich, wenn das Augen=

2*

licht mir wiederkehrte, müßte es so helle, so furcht=
bar helle um mich werden, daß ich es nicht zu er=
tragen vermöchte."

Sie sank nach diesen Worten erschöpft in den
Sessel zurück und Else griff vorsorglich nach dem
Kinde. Doch die zitternde Hand der Blinden ließ
es nicht los und nach kurzer Frist beugte sie ihren
welken Körper wieder über das junge Leben hin,
das schlummernd auf ihrem Schooße lag und sprach
in abgebrochenen Sätzen zu ihm nieder:

"Mein Leben geht zu Ende, doch in dir blüht
ein Theil davon wieder auf und knüpft es so an
die zukünftigen Zeiten. Werde stark und fest, du
zarter Sprosse; — die Nacht, die mich umfängt,
sei dein Erbe nicht, — und alles was sich mir je
zwischen Trugbildern und dunkeln Gedanken Hohes
und Schönes geoffenbart, werde in dir und durch
dich zu lebendiger Wahrheit."

Thränen strömten nach diesen Worten aus ihrem
starren Augenpaare; da — plötzlich rief sie mit ge=
hobener Stimme:

"Großer Gott, wie wird mir? Ist mir doch,
meine Nacht entweiche — und ich sehe einen Strah=
lenkranz meines Enkels Stirne umziehen, der einen

Schein ausbreitet weit hin über Länder und Meere!
Wird denn die Blinde sehend? — Mein Auge öffnet sich himmelweit — und — himmelwärts strebt
meine Seele."

Ihr Athem wurde schwer — ihre Hände hoben
sich krampfhaft zitternd empor, und während Else
erschrocken mit den sorglichen Mutterarmen das Kind
umschloß und fest an sich drückte, hob sich die zu-
sammengekrümmte Gestalt der Blinden wie mit letzter, gewaltiger Lebensanstrengung hoch empor und
in schauernder Freude rief sie aus:

„Die Dunkelheit entweicht meinem Auge — der
Tod bringt mir Licht — ich sehe Dein Kind, Else,
meinen Enkel — Johannes Gutenberg."

Sie brach zusammen und hauchte ihren letzten
Athemzug in Pater Martin's Armen aus. Er rief
nach Hülfe. Umsonst, die Todte erwachte nicht mehr.
Das Kind aber, von Elsens Thränen erweckt, schlug
seine hellen Augen groß auf und sah mit klarem
Blicke umher. Bei all dem Jammer und Schmerz,
der ihn umgab, lachte der Knabe dem Sonnenstrahl
entgegen, der eben durch die kleinen, runden Schei-
ben blitzte und die Todte verklärend über ihr blei-

ches Antlitz zog, dann sog er gierig die warme Le=
bensquelle ein, die ihm die Mutterbruſt darreichte.
Elſe bekämpfte in liebender Sorge um das auf=
blühende Leben den Schmerz über das dahingegangne,
und wiegte, ſtill weinend, mit ſanfter Hand den
Säugling wieder in Schlummer: zu geſundem Er=
wachen, zu kräftigem Gedeihen.

2.

Noch wenig angefochten von den Wirren der Zeit, den Verhältnissen seiner Vaterstadt, wie auch den Ereignissen in dem eignen Hause, finden wir den kleinen Erbensohn als einen schönen, doch etwas bleichen Knaben wieder, und zwar in seinem mütterlichen Stammhause, dem Hofe zum Gutenberg, in den seine Eltern bald nach dem Tode der blinden Großmutter von dem väterlichen Familiensitze übergezogen waren. Frau Else hatte eine gar große Anhänglichkeit an das Haus, in welchem sie ihre ersten Jugendjahre verbracht. Von immerher lag der Wunsch, da, wo sie geboren, auch einst zu sterben, in der gemüthlichen Tiefe ihres Herzens, wie der Gedanke, durch einen ihrer Nachkommen den Namen Gutenberg auf die Nachwelt zu bringen, minder aus dem Stolze einer Patriziertochter bei

ihr entsprang, als aus der Pietät, die sie für das An=
denken an ihre Ahnen bewahrte. Ihr Mann legte,
theils auf ihren Wunsch, theils auf eignen Antrieb,
sobald sie in den Hof zum Gutenberg eingezogen
waren, ihren Familiennamen dem seinen bei und
nannte sich von da an Friedrich Genßfleisch zum
Gutenberg. Johann, der späte Nachkömmling, sollte
einst das mütterliche Stammhaus als Erbe erhal=
ten, und Else trug stete Sorge, daß sein Name
ihm nicht nur am geläufigsten, sondern auch am wer=
thesten werde.

Frielo, der ältere Sohn, hatte bereits ein Hof=
gut der Familie Genßfleisch zugetheilt erhalten, und
sich in Eltwill, damals der bedeutendsten Stadt des
Rheingaus, häuslich niedergelassen. Dieses Abkom=
men war ganz nach seinem Sinne. Er hatte hier
einen schönen und auch recht einträglichen Sitz; —
überdieß war ihm seine Vaterstadt durch das mäch=
tige Emporstreben der Zünfte, die seine Standesge=
nossen nur kurzweg die Alten nannten, längst un=
angenehm geworden und sein hochfahrender Sinn
sträubte sich dagegen, ein Bürger von Mainz zu
heißen, ein Prädikat, das die Patrizier mit den
Zunftgenossen gemein hatten und um das in frühern

Zeiten Ritter und Grafen sich beworben. In Eltwill,
dem Lieblingsaufenthalt der Erzbischöfe, konnte er
sich den Vornehmern inniger anschließen, deren Sit-
ten und Ansprüche ihm mehr zusagten, als die Be-
strebungen des Bürgerthums. Die geistlichen Ober-
herren des Erzbisthum Mainz waren durch den großen
Einfluß, den sie auf die weltlichen wie kirchlichen Angelegenheiten Deutschlands, besonders auch durch ihre
gewichtige Stimme bei den Kaiserwahlen, ausübten,
stets von vielen Großen des Reichs und dem Clerus
umgeben. An ihren Höfen herrschte großer Luxus
und ein üppiges Leben, das freilich zuweilen durch
kriegerische Unterbrechungen gestört wurde, denn die
meisten geistlichen Herrscher zeigten in damaliger Zeit
mehr Lust an der Führung der Waffen, als an der
Handhabung des Krummstabes.

Das bewegte Leben in der kleinen Stadt Eltwill,
die glänzende Hofhaltung dort, wie der Zusammen-
fluß des Adels, bot Friele Gelegenheit, sich vor-
nehmer zu gebahren, als es ihm im Hause seiner
Eltern möglich geworden, — denn, obgleich sein
Vater stets an der Spitze der Patrizier stand, wenn
es mit den Zünften einen Streit auszukämpfen gab,
und mit Stolz an den Vorrechten seines Standes

hing, war er doch sonst ein ziemlich einfacher Mann
und ein berechnender Hausvater, der sich nie über
seine Verhältnisse zu erheben suchte. Else stimmte
darin ganz mit ihm überein; dennoch hatte ihre
mütterliche Nachsicht Frielo manches gestattet, was
sie jetzt im Stillen beklagte. Er brauchte mehr,
als sich mit seinen Einkünften vereinbaren ließ und
lud auf die Schultern seiner Ehehälfte die Sorgen
des Hauses, während er ritterlichen Vergnügungen
nachhing, welche mitunter sehr ausschweifender Art
waren. Die Ritterschaft, die das Ende ihrer Bedeutung herannahen sah, trachtete darnach, noch mit
vollen Zügen die rohe Lust ihrer hinsterbenden Herr-
lichkeit zu genießen. Raffinirte Freuden und him-
melschreiende Grausamkeiten liefen dicht neben einander her, standen im engsten Verbande mit einander.
Das Landvolk hatte schwer darunter zu leiden und
auch um die geschützten Städte tobte es oft unheil-
verkündend. Die kleine Stadt Eltwill auf dem rechten
Ufer des Rheins, wie der ganze Rheingau überhaupt,
war jedoch trotz dieses Treibens durch die Gunst
der Erzbischöfe von Mainz und mehr noch durch
die uralten Rechte und Freiheiten, die sich das Volk,
bei allen Anmaßungen, Aussaugungen und Be-

brückungen des zahlreichen begüterten Adels, wie der
vielen Klöster, in diesem kleinen abgeschlossenen Land=
striche zu bewahren wußte, zu dauernder Bedeutung
und Wohlstand gelangt. Die frühzeitig entwickelte
Cultur des Rheingaues, dieser von der Natur so
sehr bevorzugten Länderstrecke, war nicht leicht zu
Grunde zu richten und ging selbst aus verheerenden
Kriegszügen immer wieder mit neuer Lebenskraft her=
vor. Niedergebrannte Dörfer und Gehöfte erstan=
den, kaum vernichtet, mit Blitzesschnelle wieder, —
die herrlichen Reben schossen immer wieder auf,
blühten, dufteten und boten ihre reichen Früchte dar,
wie das Feld sein üppiges Korn, die Bäume ihr
prächtiges Obst. Freilich zumeist den hier begüter=
ten Städtern, oder dem Adel, der seine Burgen
und Schlösser auf den Bergen und in der Ebene
längs des Rheines hin aufgebaut — und den rei=
chen Klöstern, die allenthalben in den grünen Hainen
versteckt lagen, oder weit hinschauend auf schönen
Rebenhügeln sich erhoben. Dem Landmanne kam
großentheils nur die Arbeit, die Mühe zu, ihm war
hauptsächlich die Aussaat — die Erndte den Herren;
und auch auf diesem gesegneten Boden konnte nur
die Minderzahl aus vollem Herzen ausrufen: „Mein

Herr und Schöpfer, ich danke dir für den Lohn, mit dem du meinen Fleiß gesegnet!"

Das Gut, das Frielo als Erbe erhalten, war ein hübsch abgerundetes Stück Erde, aus dem sich, wenn auch nicht gerade Reichthümer, doch Wohlhabenheit erzielen ließ, allein bei seinen Neigungen hatte seine Hausfrau Mühe, nur einem schnellen Rückgange vorzubeugen, und Else mußte sie darin mit mütterlicher Liebe unterstützen. Diese hoffte nun freilich mit dem nicht leicht versiegenden Muttervertrauen, daß Frielo bald diesen Jugendneigungen entsagen und dann noch ein recht guter Gatte und Vater sein werde, fand aber doch gerathen, das Erbe seines jüngeren Bruders so sicher als möglich zu stellen und kaufte, was damals häufig geschah, in ganz besonderer Fürsorge noch einige Gülten für ihn auf Häuser und bei Stiften ein, die ihm einst eine bestimmte jährliche Rente von der Stadt abwerfen sollten.

„Das Alter rückt so schnell heran," sagte sie bei einer solchen Gelegenheit zu Pater Martin, der in allen Dingen ihr Vertrauter war, „daß es heilige Pflicht ist, wenn man noch einen so jungen Sprossen hat, weislich für ihn zu sorgen und Sparpfennige

für ihn niederzulegen, nach denen er in Zeiten der
Noth greifen kann. Mein Eheherr denkt haupt=
sächlich nur an seinen Erstgebornen. Frielo ist bei
allen seinen Fehlern der Liebling seines Herzens.“

„Wie Henne der Eure!“ fiel der Pater lä=
chelnd ein.

„Muß ich denn nicht die Wagschaale der elter=
lichen Liebe im Gleichgewicht halten?“ eiferte sie.
„Und muß man dem Henne nicht gut, nicht ganz be=
sonders gut sein bei der eignen Art, die er hat, und“
— setzte sie seufzend hinzu — „die ihm leider das
Herz des Vaters entfremdet.“

Pater Martin nickte beistimmend, doch äußerte
er keine Meinung darüber und sie fuhr nach einer
Weile fort:

„Ueberdies in schlechten Zeiten, wie die jetzigen,
sorgt man nie zu frühzeitig für seine Kinder. Sieht es
doch allenthalben gar so unerfreulich aus. Zwistig=
keiten unter den Großen im Reiche draußen, —
böse Händel um Kaiser und Papst, — Kriege mit
den Türken; — und auch über unserer Stadt, gu=
ter Martin, will die Sonne nicht mehr so helle
leuchten, wie einst, wo man sie das güldene Mainz
getauft hat.“

„So ist's, Frau Else," bestätigte der Pater mit
einem tiefen Seufzer, sein kahles Haupt langsam
auf- und abneigend. „Das macht der Hochmuth,
dieser schlimme Geselle; guckt er doch selbst aus
jedem niederen Hause recht keck hervor und das
thut nicht lange gut, denn Hochmuth kommt vor
dem Fall, sagt das Sprüchwort, und es hat recht.
Wissen doch die Zünfte den Kopf nicht mehr hoch
genug zu tragen, grade, als säße eine Krone darauf
aus purem Gold, und das Handwerksgeräthe in ihrer Hand sei ein Scepter, mit dem sich's regieren
ließe. Kann nicht so fortgehen, Frau Else. Jedem
das Seine. So nur thut's gut in der Welt."

„Freilich wohl," erwiderte sie. „Aber es steht
Alles nicht mehr an seinem rechten Platze und nirgends ist's so, wie gut wäre. Seht, Pater Martin,
ist's doch selbst mit dem Heiligenscheine, der um das
Haupt der geistlichen Herren schimmern sollte, nicht
mehr beim Rechten. Er leuchtet gar trübe und
gar nicht in dem reinen Lichte des Christenthums.
Strahlte er die rechte Helle aus, wie der Schein,
welcher das Haupt des Herrn auf seiner Wanderung
hienieden umflossen, schämte sich gewiß Mancher seiner bösen Gelüste, und Hochmuth und Herrschsucht

unb Neib würden sich bemüthigen vor seiner gött=
lichen Macht. Auch bei uns von altem eblem Stamme
ist's anders als recht unb gut, — was Wunber, baß
es oft herbe Zusammenstöße giebt, bie bas Wohl ber
Stabt, bas allgemeine Beste untergraben. Meines
Erachtens sollte bas über Allem stehen. Meint Ihr
nicht auch so, guter Martin?"

„Euer weiser Sinn trifft stets bas Wahre,"
sagte er zustimmenb, inbem sein Auge mit gar
freunblichem, wohlwollenbem Blicke auf Else ver=
weilte. Nach einer kleinen Pause fuhr er fort:
„Was können wir aber hiebei thun, wenn wir auch
bie richtige Einsicht hätten? Es ist eben eine schlimme
Welt, man muß sich in Gebulb hinein finben unb
benken, es sei Gottes Wille so."

Else warf einen langen Blick auf ihren Freunb
unb schüttelte babei ein wenig ihren Kopf, als wäre
sie nicht ganz seiner Ansicht unb glaube auch nicht,
baß es ihm so recht Ernst bamit sei. Doch wiber=
sprach sie ihm nicht; — auch nahm eben ein bumpfes
Geklopfe, bas von Oben herabschallte, ihre Auf=
merksamkeit in Anspruch; ber Pater hob gleichfalls
bei biesem Laute seinen Kopf lauschenb empor.

„Er ist wieber in ber Kammer broben," sagte

Else nach einer kleinen Weile. „Man kann's ihm nicht abgewöhnen. Wäre er nur vorsichtiger, daß keine so lauten Töne hörbar würden! Weiß er doch, daß sein Vater stets Aergerniß daran nimmt. — Hat man nicht seine liebe Noth, wenn man mit seinem Herzen so mitten drin steht, zwischen Vater und Kinder!"

„Ihr solltet eigentlich von Gott und Rechtswegen dem Willen Eures Eheherrn unbedingt nachkommen," mahnte der Pater. Die heilige Schrift will es so, sie sagt: „„Er soll dein Herr sein.""

„Ja, ja, ich weiß es," fiel Else schnell ein und ein schalkhaftes Lächeln verzog ihren Mund und machte ihr mildes Gesicht gar anmuthig. „Aber, seht, guter Pater, immer, so in allen Dingen wäre dies wirklich nur vom Uebel. Ihr dürft es kecklich glauben: ein wenig eigner Sinn und Willen ist jeder Frau von Nutzen. Ohne ein bischen Klugheit geht's nun eben einmal so wenig im Hausstande wie in der Welt draußen. Was nun gar den Johann betrifft, müßt Ihr doch selbst eingestehen, daß es keine Sünde ist, was er thut, — ein unschuldiger Zeitvertreib, — weiter nichts. Wäre er gleich Andern ein wilder Junge und lief wie ein losgelassenes Füllen draußen herum, er thäte gewiß Uebleres. „Nahmt Ihr denn je," fuhr sie eifriger und mit leuchtenden Augen fort, „in irgend etwas einen niedrigen Hang bei ihm wahr, wie es mein Eheherr in seinem kindlichen Treiben finden will? Ist nicht sein Blick so grade aus, so offen und ernst und zeugt nicht alles, was er spricht, von edlem Sinn und hohem Geist? Weshalb also seine unschuldigen Freuden, die glückliche Kindheit ihm trüben?"

„Ihr thut es nicht, Frau Else," erwiderte der Pater; „und möcht' Recht haben, — müßt es jedenfalls mit Euch selbst abmachen, wie weit Ihr Eurem Eheherrn Gehorsam schuldet. Ich mahnte Euch nur wegen dem Johann deshalb, weil's Euch schon manche Thräne gekostet hat und jede Thräne, die Ihr weint, recht schmerzlich in meinem Innern brennt."

Else reichte mit freundlichem Blick dem Pater ihre Hand zum Drucke und sagte:

„Guter Vater, die Thräne, mit der die Mutter ihrem Kinde eine Freude erkauft, ist keine herbe. Sie ist nur der schimmernde Thau, der auf ihre Lieblingsblume niederfällt, sie zu erfrischen. Doch

geht jetzt hinauf und holt ihn, daß er an dem Lern-
tische sitzt, wenn der Vater heimkehrt; denn kommt
auch der Thau einer Pflanze zu gut, ist er gleich
ein Liebesgeschenk des Himmels wie der erwärmende
Sonnenstrahl, thut dieser zu ihrem Gedeihen doch
noch mehr noth; — und der häusliche Friede ist
der Sonnenschein, der das gedeihliche Wachsthum
der Kinder befördert. Drum geht, guter Pater,
geht und bringt den kleinen Klopfer zur Ruhe."

Pater Martin stieg kaum hörbar eine enge Treppe
hinauf bis unter das Dach des Hauses, dort legte er
einen Augenblick horchend sein Ohr an eine ange-
lehnte Thüre, drückte sie dann etwas auf und steckte
seinen Kopf zwischen die Spalte. Ein etwa drei-
zehnjähriger Knabe saß am Boden einer kleinen
Kammer, in der allerlei altes Gerümpel umherstand,
und schnitzelte eifrig an einem Stückchen Holz. Er
war so in diese Arbeit vertieft, daß er den Lauscher
nicht bemerkte. Wie Martin herantrat und die Hand
auf seine Schulter legte, fuhr er erschrocken zusammen; doch kaum erblickte er den Pater, als er auch
schon beruhigt zu ihm auflachte und heiter rief:

"Was habt Ihr mich erschreckt! Warum schleicht
Ihr denn wie eine Katze zur Thüre herein? Wißt

Ihr doch, was ich hier in meiner Werkstatt schaffe, und braucht nicht zu spioniren."

„Deine Werkstatt?" wiederholte der Pater in tadelndem Tone. „Gewöhne dir doch dergleichen Benennungen nicht an; sie lauten gar schlecht in einem Patrizierhause. Du machst dir hier Zeitvertreib, weiter nichts. Es ist auch genug damit."

„Sieht es aber nicht grade wie in einer Werkstätte hier aus?" beharrte der Knabe, mit sichtlichem Vergnügen auf einige umherliegende Hämmer, Meisel und dergleichen Handwerkszeug schauend.

„Bst, bst!" wehrte der Pater. „Sage das nicht wieder. Hörst du, Henne, — weißt ja — dein Vater. —"

Der Knabe hatte nicht viel Acht auf diese Mahnung. Das Stückchen Holz, an dem er schnitzelte, schien seine Aufmerksamkeit mehr zu fesseln, denn er arbeitete emsig daran fort, mit beinahe ungeduldiger Hast. Endlich warf er es bei Seite und rief verdrießlich:

„Er will nicht, wie ich will, der rohe Klotz!"

„Ist eben grade so eigenwillig, wie du," setzte der Pater hinzu.

„Bin ich denn Euch und der Mutter nicht stets

3*

gehorsam?" fragte Johann und nahm das Holz wieder zur Hand.

"Freilich wohl. Das heißt, zuweilen nicht immer, Henne, nicht immer. Denn, daß du so viel hier oben bist und schnitzelst und meiselst und gar hämmerst, ist just nicht unser Wille; — doch, wenn du nur nicht so laut dabei würdest, ging's eher an, aber du klopftest ja vorhin wieder, als wärst du der Meister Goldschmied aus der Hintergasse."

"Ich wollte das nicht, Pater Martin, aber es geht eben nicht immer ohne einige tüchtige Schläge, und die fallen dann wie von selbst."

"Wenn's aber dein Vater hört? weißt ja doch, er mag solche Töne, von deiner Hand und in seinem Hause, nicht hören — und —"

"Ja, und dann werd' ich geschmäht," fiel Johann ein — "und der Mutter kostet's Thränen. Ich will künftig vorsichtig sein, Pater Martin, gewiß recht vorsichtig, — nur laßt mir mein Wesen hier in der Kammer. Seht, es ist gar zu schön, wenn man aus einem rohen Stückchen Holz, Stein oder Metall etwas fertig bringt, das irgend eine Idee ausdrückt in Figuren, Form und Zeichen. Ich habe schon Manches zu Wege gebracht, wenn auch unvollkommen, aber es ist doch etwas. Mein Kasten füllt sich immer mehr an."

Er sprang bei diesen Worten auf und zog hinter einem großen Rauchfang, der durch die Kammer lief, eine Kiste hervor, in welcher sich allerlei kleine rohe Kunstprodukte befanden. Der Pater sah kopfschüttelnd auf diesen Kram und fragte:

„Hast du denn auch darüber nicht vergessen, dein Latein zu lernen und zu schreiben, und zu lesen?"

„Nein, nein," versicherte der Knabe mit Eifer, „das thue ich eben so gerne, als hier oben arbeiten."

„So komm jetzt mit herunter, daß ich mich davon überzeuge," ermahnte der Pater, doch Johann setzte sich auf den Kasten, schnitzelte an dem Holze fort und bat:

„Habt nur noch ein klein wenig Geduld, seht, das rauhe Holz ist schon glatt, ich will nun noch probiren, ob sich etwas darauf eingraben läßt, Buchstaben, Zahlen, Namen, Worte, Sprüche, so wie es der Meister Goldschmied drüben macht."

„Das dauert zu lange," widersprach Martin. „Komm Henne, der Vater wird bald unten sein, und nach der Lernstunde gehen wir hinaus in's Freie."

„Vor die Münsterpforte? Nicht, guter Pater?"
fiel der Knabe rasch ein. „Zu den Römerdenkma=
len! Da suchen wir nach Inschriften und finden
vielleicht eine Urne, oder einen Krug mit schöner
Schrift darauf. Es freut mich immer, ach, ich kann
gar nicht sagen wie, wenn die Buchstaben so deutlich
da stehn, wie für die Ewigkeit eingegraben, viel fester
als auf den Pergamenten und dicken Folianten, die
Ihr in den Klöstern schreibt."

„Wäre aber doch allzu mühsam, auf Stein oder
in Erz ganze Historien einzuschneiden," bemerkte
der Pater lächelnd. „Da würde es kaum ein Buch
in der Welt geben."

Der Knabe sah nachdenklich, fast traurig vor sich
nieder, — seine linke Hand, die das Holz hielt, fiel
schlaff an seiner Seite herab und in die rechte stützte
er seinen lockigten Kopf. Der Pater betrachtete ihn
theilnehmend und forschend, während der Knabe vor
sich hinmurmelte:

„Er hat recht. In Stein und Erz kann man
keine langen Geschichten schreiben; mit der Feder auf
Papier und Pergament geht es viel schneller — und
doch so langsam. Ja, wenn man mit hundert Fe=
dern zugleich schreiben könnte! — Ich wollte ich wär's

im Stande, — dann follt's Bücher geben in der
Welt, daß sich Jedes daran erbauen könnte, und
wissen sollte Jedermann, was je in der Welt geschehen und stündlich drin vorgeht, — und auch
Gottes Wort sollte in jedem Haus zu finden sein.
Aber Niemand kann mit hundert Federn zugleich
schreiben!"

„Doch auch eine Hand und eine Feder kann viel
leisten, Johann," bemerkte der Pater mit ungewöhn-
lichem Ernst. „Willst du es vielleicht versuchen? —
Dann gehe in ein Kloster. Da kannst du der Gelehrsamkeit leben, kannst schreiben, so viel du willst
und auch meißeln, drehen und hämmern nach Her-
zensluft. Schon oft stand in meinen Gedanken, ein
Sinn wie der deine passe am besten für ein stilles, beschauliches Leben, doch wagte ich es nicht
zu äußern, weil ich nicht wußte, ob's deiner Mutter recht sei und —" setzte er leiser hinzu — „ich
ihr keinen Gram bereiten möchte, selbst um des Him-
melreichs Willen nicht."

„Ich in ein Kloster gehen, ein Mönch werden?"
sagte Johann nachdenklich und sein Kopf senkte sich
noch tiefer herab; — da schallte aus der Dachluke
des Nachbarhauses eine helle Stimme herüber, und

zu gleicher Zeit blitzte ein Sonnenstrahl über des Knaben Gesicht und erhellte die etwas düstere Kammer.

„Ich mag in kein Kloster gehen," rief Johann aufspringend und drückte mit kräftigem Rucke den Kasten gegen das schräg ablaufende Dach, dann stellte er sich darauf, öffnete einen kleinen Laden und spähte hinaus. Nach kurzer Frist drehte er sich mit erglühendem Gesichte wieder um und sagte:

„Meister Helferich's Margarethe war's. Sie gab mir ein Zeichen, daß ich heute Abend hinüber kommen soll. Es giebt gewiß in ihres Vaters Werkstätte etwas Schönes zu schauen. Wenn wir vom Spaziergang kommen, laßt Ihr mich doch hingehen? Nicht wahr, guter Pater? Ihr sprecht so lange beim Pathen Hennel ein. Ich rufe Euch dann zur rechten Zeit dort wieder ab."

„Da höre einer den Vielversprecher! Als ob du dies je rechtzeitig gethan hättest — und nicht Alles vergäßest, wenn du bei Meister Helferich und seiner Grethe steckst? — He, Junkherr Gensfleisch zum Gutenberg, was soll denn schließlich daraus werden? Will Er vielleicht die Goldschmiedkunst erlernen, und

einst gar eine Werkstätte in seinem alten Patrizierhause aufschlagen?"

„Seid doch nicht so mürrisch," bat der Knabe.
„Wißt Ihr doch, daß ich nichts gegen der Mutter
Willen verlange, noch thun werde."

„Dann fährst du gut," erwiderte schnell beschwich-
tigt der Pater, und streichelte über die lichtbraunen
Locken des Knaben, als ob es ihm reue, ihn hart
angelassen zu haben; dann nahm er liebreich seine
Hand und führte ihn hinab in die Stube, wo Else
ihrer sehnlichst harrte und spähend von Zeit zu Zeit
auf die Straße hinabsah, ob ihr Eheherr nicht etwa
früher komme, als der Pater mit seinem Zöglinge.
Doch ihre Furcht war heute eine überflüssige; die
Lernzeit war bereits um und ihr Mann noch nicht
heimgekehrt. — Ihre mütterliche Liebe kam zuweilen
in Conflikt mit den Pflichten, welche sie ihrem Manne
schuldig zu sein glaubte. Sie wußte zwar mit ächt
weiblicher Philosophie sich über schwierige Punkte
hinüber zu helfen, allein der einfache Weg der
Wahrheit war ihr doch stets der liebste. Konnte
jedoch damit der Stein des Anstoßes nicht ganz beseitigt werden, nahm sie die Verantwortung stets be-
reitwillig auf die eignen Schultern und verstand es mit

dem sichern Takte, der aus der Tiefe des weiblichen
Gemüthes entspringt, die scharfen Ecken zu runden,
das Rauhe zu glätten, dem Herben einen süßen Bei-
geschmack zu geben. So lebte sie, trotz mancher we-
sentlichen Verschiedenheit in ihrem Innern, doch in
stetem guten Einvernehmen mit ihrem Manne und
eine eigentliche Störung des häuslichen Friedens
kam nie vor, obgleich die ganz entschiedene Vorliebe
des Vaters für den erstgebornen Sohn, wie der
Mutter übergroße Zärtlichkeit für den späten Nachkömmling häufig Veranlassung dazu bot. Nach be-
endigtem Unterrichte, bei dem heute Johann einen
ganz besondern Eifer gezeigt, hing er sich an der
Mutter Hals und bat mit einem Kuß auf ihre Wange,
ob er später zu Helferich's Margarethe hinübergehen
dürfe. Sie winkte zustimmend und wechselte einen
schnellen Blick des Einverständnisses mit dem Pater.

Kaum war dieser mit seinem Zöglinge auf der
Straße angelangt, als sich ihnen ein hochaufgeschos-
senes Mädchen von Johannes Alter anschloß und
diesem zuraunte:

„Ich gehe mit dir. Es ist so eng und schwül
in der Stadt und draußen ist Alles so schön grün
und frisch."

Johann faßte freundlich des Mädchens Hand und flüsterte: „Kommen wir zurück, nimmst du mich mit in deines Vaters Werkstätte."

Nach dieser schnellen Uebereinkunft lachten sie fröhlich einander an; — allein der Pater sah nicht recht zufrieden damit aus, doch wandte er nichts gegen die Begleitung des Mädchens ein. Sie kamen durch verschiedene enge und weitere Gassen, bis sie endlich ein hohes Thor, die Münsterpforte genannt, erreichten. Hier traten sie in's Freie und gingen auf einem schmalen Pfade hin, der durch ein kleines anmuthiges Thal führte, welches hügelartige Anhöhen begrenzten. Es war ein stiller, friedlicher Gang, — für das muntere Mädchen viel zu still. Sie stieß auch bald den Knaben in etwas derber Weise an und flüsterte:

„Sag' deinem Pfaffen, daß er uns Geschichten erzählt. Weißt — so Geschichten aus alter Zeit — von den mächtigen Römern, die einst hier gehaust, und von den Märtyrern, die sie, wie den Bischof Aureus todtgeschlagen, — oder noch lieber von den Fehden, welche es in der Stadt gab zwischen den Alten und den Zünftigen, und wie diese sie einmal über den Rhein hinübergejagt. Weißt, Johann, vor langer, langer Zeit."

Der Knabe warf einen prüfenden Blick auf den Pater, dann sagte er zu seiner Gespielin:

„Er erzählt jetzt nichts, Grethe. Wenn er ein so stilles Gesicht macht, mag ich ihn auch gar nicht drum bitten."

„So laß uns Blumen und Steine sammeln," schlug sie lebhaft vor und sprang davon, eine Anhöhe hinan, in deren grünes Kleid der Frühling seine buntesten Blumen eingestreut hatte. Johann folgte ihr etwas langsamer nach, doch bald hatte ihre kindliche Lust ihn mit fortgerissen und er tollte gleich ihr in wilder Freude umher.

Pater Martin schritt langsam weiter und das helle Lachen der Kinder begleitete fast ununterbrochen seinen gleichmäßigen Gang. Zuweilen nur hemmte er seinen Schritt, um nach seinem Zögling und Margarethe hinzusehen.

„Was kümmere sie sich um Parteikämpfe und Standesunterschied," murmelte er. „In kindlicher Lust sind sie eins — ein Herz und ein Sinn. Nicht recht ist's wohl, sie darin zu stören — und doch verlangt's die Nothwendigkeit so. Die Welt ist einmal nicht anders — man muß sich schicken lernen in Zeiten! Er darf nicht lange mehr in dem Handwerkerhause aus und eingehen und sie, das große Mädchen, nicht mehr mit ihm herumjagen, als wäre sie ein wilder Knabe. Sie gehört fortan in's Haus, hinter den Heerd und an den Spinnrocken. So verlangt's Zucht und Sitte. Thaten's doch von immerher selbst die Fräulein so. Freilich will's jetzt anders werden, und diese Handwerker, diese reichen, mächtigen Zünfte glauben gar, sie seien die eigentlichen Herren der Welt, und lassen ihre Kinder mehr lernen, als man= cher Fürstensohn erzählen kann, der nur das Schwert zu handhaben versteht. Ja, ja, es wäre schon gut das, aber ihr Hochmuth wächst damit an, daß er nicht mehr weiß, wo hinaus — und dann — was wird's dann geben?"

Er schritt weiter. Ein klösterliches Gebäude trat jetzt hervor, das sich grau und mauerumgrenzt, lang und schmal an einer waldumwachsenen Anhöhe hin= zog. Ihm gegenüber zeigte sich eine Reihe riesiger Mauerpfeiler: die Ueberreste einer römischen Wasser= leitung, die einst hier in kühnen Bogen frischen, klaren Trank über das Thal hinweg in das römische Lager führte.

„Der eine Bau zerfällt, ein anderer steigt dafür empor," sagte der Pater, sein Auge von dem Kloster hinüber auf die Trümmer emsiger Macht und Größe heftend, dann sah er wieder auf das stille, graue Haus, und fuhr, sein kahles Haupt trauernd abwärts neigend, fort: „Auch du wirst nicht ewig bestehen, obgleich dich eine Macht gegründet, die sich eine ewige nennt. Ewiges Rom, auch an dir nagt der Wurm der Zeit, die Gebrechen der Erde, die du von deinem heiligen Stuhle nicht fern zu halten wußtest. Wo ist der wahre Stuhl Petri zu finden bei diesem unseligen Kampfe um seinem Besitz, bei diesem Streben nach irdischer Macht? Wo ist dein wahrer Stellvertreter, mein Herr und Heiland, wenn mehrere sich also nennen? Muß nicht jeder Glaube wanken und auch in euch, heilige Stätten, der böse Geist einkehren, der euch vernichten wird. Was soll einst an eure Stelle treten," fuhr er, an dem Kloster aufsehend, fort, „die ihr bestimmt seid, rommen, christlichen Sinn zu pflegen, und was der Sturm der Zeiten zu verwüsten droht, in euren heiligen Räumen zu bergen?"

Er lehnte sein kahles Haupt an die graue Mauer und zerdrückte eine Thräne, die ihm in's Auge ge-

treten. Da rief die jugendliche Stimme Johann's
vom andern Ende des Klosters her:

„Pater Martin, kommt schnell herbei, wir müs=
sen forschen, was hier auf diesem Steine steht, —
seht nur den losgelösten Stein, — sonderbare Zei=
chen sind darauf eingegraben.“

Der Knabe bemühte sich, einen ziemlich großen
Stein vollends von der Klostermauer abzulösen und
von dem Moos und Schmutz, das ihn theilweise
bedeckte, zu reinigen.

„Es ist kein Römerstein,“ rief er dem herzu=
kommenden Pater entgegen. „Nicht lateinische Ziffern
und Lettern sind es, die darauf stehen. Es sind
Symbole älterer Zeiten. Erkennt Ihr sie nicht?“

Martin verneinte es und meinte, Johann solle
sich nicht daran abmühen. Doch der Knabe ließ nicht
so schnell von seinem Funde und sagte unmuthig:

„Daß man nicht gleich Alles erforschen kann, är=
gert mich. Sicher rührt dieser Stein von den alten
Deutschen her. O, daß sie nicht schreiben konnten,
wie die Römer, um ihre Thaten und Geschichten
selbst aufzuzeichnen für die Nachwelt. Die Schrift,
Pater Martin, ist doch die schönste Wissenschaft; — nur
Schade, daß man sie so langsam zu Wege bringt

und die Bücher ein so seltener, so theurer Schatz
sind, der begraben liegt in Klöstern und Archiven."

Ein jubelnder Zuruf von dem höchsten Mauer=
pfeiler unterbrach Johann's Gedankengang. Mar=
garethe stand triumphirend oben und forderte ihn
auf, es ihr gleich zu thun. Er warf mit dem
leichten Uebergange von dem Einem zu dem An=
dern, der in seinem Alter lag, den Stein zu Boden
und eilte flüchtigen Fußes über den Wiesenplan
und stand nach wenigen Minuten an der Seite sei=
ner Gespielin. Ueber ihnen wölbte sich der tief=
blaue Maihimmel in wolkenloser Klarheit, und un=
ter ihnen, rings um sie her lag der Frühling aus=
gebreitet in seiner wunderbaren Farbenpracht. Milde
Lüfte trugen seine süßen Düfte zu ihnen hinauf, und
mit ihren fröhlichen Stimmen mischten harmonisch
die gefiederten Sänger ihr Lied. Wie die glückli=
chen Beherrscher des Lenzes standen die Kinder auf
der Spitze der hohen Säule und sahen in übermü=
thiger Freude umher. Zwischen den Bäumen, so
grün und laubig und noch hin und wieder mit Blü=
thenbüscheln geschmückt, ragten die Thürme der Stadt
hervor und hinter ihnen und weiter abwärts zog sich
eine Reihe duftig blauer Berge hin. Die Sonne

senkte eben zum Scheidegruß ihr goldenes Auge mit
doppelter Liebe auf sie nieder, und küßte sie so innig, daß ihre Gipfel in rosigen Schimmer erglühten
und der Himmel über ihnen mit Purpur sich färbte.
Margarethe jubelte immer lauter in den schönen
Abend hinein, — Johann wurde stiller und sah bald
sinnend aufwärts in das lichter werdende Blau des
Himmels, bald hinab in die Tiefe, welche in Schatten
sich hüllte. Drüben an der grauen Mauer des Klosters lehnte unbeweglich der Pater und seine dunkle
Gestalt sah fast unheimlich aus. Johann deutete
halb erschrocken auf ihn hinunter, doch Margarethe
rief sogleich in lustiger Weise:

„Was steht Ihr dort wie ein hölzernes Heiligen-
bild, Pater Martin? Kommt doch herauf zu uns.
Ach Gott, wie ist es schön hier oben, so hell und
luftig — und die Lerchen wirbeln und trillern, daß
es eine wahre Herzenslust ist; — kommt, probiert's
nur, — nehmt einmal einen rechten Anlauf, — nur
keck immer vorwärts, dann glückt's schon."

„Ja, wer Flügel hätte, oder so viel Jugend in
den Gliedern wie ihr!" seufzte der Pater. „Bei
euch ist's Frühling durch und durch, — bei mir

aber ist es Herbst, und der Winter steht überall
vor meiner Thüre."

Im Kloster fing es an, langsam und monoton
zu läuten. Es war das Sterbeglöcklein. Der Pater bekreuzte sich und ging mit etwas hastigen Schritten dem steinernen Pfeiler zu, auf dessen Spitze die
lebensfrohen Kinder standen.

„Kommt herab, doch hübsch langsam und vorsichtig, daß euch nicht Uebles geschieht," ermahnte er.

„Ist's euch bange um uns, Pater Martin?"
lachte das Mädchen zu ihm hinab und trat keck auf
den äußersten Rand. Da wankte ein Stein. Sie
glitt aus und rutschte abwärts. — Der Pater schrie
entsetzt auf. Johann wollte ihr nach, doch schon hatte
sie ein hervorstehendes Stück Mauer erfaßt und hielt
sich daran fest; allein das gewährte nur momentane
Sicherheit. Händeringend stand Martin unten und
flehte den Himmel um Hülfe an. Johann legte sich
platt auf den Boden, beugte sich über den Pfeiler
hinaus und sie packend mit aller seiner Stärke zog
er das Mädchen aufwärts, das von dem Instinkte
nach Rettung geleitet, sich an dem rauhen Mauer-
werke zu stützen und emporzuhelfen suchte. So kam
sie nach einigen Minuten der höchsten Todesgefahr

wieder auf der Spitze des Pfeilers an, doch beschä-
digt, blutend aus vielen kleinen Wunden. Johann
zerriß sein Kleid, um sie damit zu verbinden; —
er wischte das Blut aus ihrem Gesichte, von ihrem
weißen Halse und suchte mit tröstenden Worten ihren
Schmerz zu besänftigen, ihre Thränen zu trocknen.
Bald lachte sie ihn auch wieder an und sagte:

„Ich danke dir, Johann! Du hast mir das Leben gerettet, — nur durch deine Hülfe athme ich
noch. Hier hast du meine Hand, — lasse uns treu
zusammenhalten immerdar, was auch die Alten dazu
sagen mögen, — dein Sinn steht doch mehr zu uns.
Werde einer der Unseren und meines Vaters Werkstätte soll einst die deine werden. Hast du doch so
große Freude an der Goldschmiedkunst und bist so
gerne bei mir."

Sie sprach das Alles schnell heraus; doch kaum
hatte sie geendet, als ein hohes Roth ihr erblaßtes
Gesicht überzog und sie betroffen die Augen nieder-
senkte. Sie war sich plötzlich bewußt, daß sie etwas
von allzu tiefer Bedeutung gesagt und sie wagte nicht,
den Knaben, den sie häufig hofmeisterte, anzusehen. Allein er schien die tiefe Bedeutung ihrer Worte nicht zu
errathen, denn unbefangen nahm er ihre Hand und bat:

„Sei mir nicht böse, Margarethe — aber sieh,
das verstehst du nicht, — bin ich auch gerne in bei-
nes Vaters Werkstätte und macht's mir gleich große
Freude, zu sehen und auch zu lernen dort, so mag
ich darum doch nicht Goldschmied werden. In meinem Sinn steht es anders, — und weiß ich selber
noch nicht recht, was es ist, — so ist's doch so.
Drum will ich auch in dem Stande bleiben, in dem
ich geboren und will dein Zunftgenosse werden. Deshalb aber können wir doch treu zusammenhalten, du
und ich."

Margarethe zuckte zusammen. Röthe und Blässe
wechselten schnell in ihrem Gesicht. Heftig stieß sie
Johann's Hand von sich und durch ihre weißen Zähne
knirrschte es:

„Sieh nur den Patrizier-Stolz!" dann aber nahm
sie schnell die Hand ihres Gespielen wieder, drückte sie
fast krampfhaft fest und sagte: „Es mag gut sein,
was du gesprochen, — weil wir da oben bei
einander sitzen — und geschehen ist, was geschah,
— heute will und kann ich nicht böse mit dir werden, — gestern hätte ich mit dir darum gerauft, —
und morgen geschähe es vielleicht auch. Ich kann es
einmal nicht leiden, wenn dein Auge drein schaut,

so von oben herab, wie das der Alten und deine
Zunge ihnen nachplaudert. Doch komm jetzt schnell
herab. Sieh, wie der Pater in jämmerlicher Angst
unserer harrt. Der meint gewiß, wir Beide fallen
ihm noch zuguterletzt auf seine Glatze. Zur Seite,
Pater Martin, zur Seite!" rief sie dem ängstlich
Harrenden übermüthig zu, „sonst renne ich Euch um."
Und damit war sie in einem Nu an den Steinen
herabgeklettert und stellte sich scherzend über ihr zer-
rissenes Kleid neben Martin und höhnte Johann
aus, der langsam und vorsichtig ihr nachkam.

Bald hatten sie die Stadt wieder erreicht und
traten eben in dieselbe ein, als die Abendsonne von
den höchsten Spitzen ihrer Thürme Abschied nahm.

———————

3.

Das leuchtende Tagesgestirn senkte sich so ruhig,
so frieblich hinter die blauen Berge des Taunus,
als könne die Nacht, die seinem Verschwinden folge,
nicht anders, als mit sanftem Mutterarme die Welt
umfangen, und müsse die Dämmerung, ihr holder
Vorbote, gleich einem süßen Wiegenliebe mit innigen
Liebestönen und zarten Scherzeslauten sie sanft in
Schlummer lullen. Es war ein so klarer, frisch=
milder Frühlingsabend und der Himmel wölbte sich
so heiter strahlend über der alten Stadt, daß selbst
ihre engsten Gassen freundlich aussahen, — allein die
zufriedenen, fröhlichen Gesichter, die zu solch schönem
Abend gehörten — sie fehlten. Ein unruhiges Hin=
und Hergewoge und wieder ein hastiges Zusammen=
brängen Einzelner, geheimnißvolles Flüstern, neu=
gierige und erschrockene Mienen störte das friebliche

Bild, das die gütige Natur auch über das bewegte
Leben einer großen Stadt auszubreiten trachtete.

Pater Martin bemerkte erstaunt diese außerge-
wöhnlichen Anzeichen. Er befragte einige Vorüber-
gehende darum, erhielt aber statt aller Antwort nur
einen mißtrauischen oder höhnenden Blick. Die Kinder an seiner Seite hatten kein Augenmerk dafür;
ihnen lag nur im Sinn, möglichst schnell in Meister
Helferich's Werkstätte zu kommen.

„Laß uns Reißaus nehmen," rieth schon am
Thore Margarethe ihrem Freunde; doch dieser wollte
das nicht und folgte mit Selbstüberwindung den langsamen Schritten seines Lehrers, bis sie auf einem
freien Platze anlangten, von wo aus mehrere enge
Straßen in das Häusergewirre hineinliefen. Hier
faßte Johann des Paters Hand, drückte sie und bat:

„So — nun geht Ihr gradeaus zum Pathen
Hennel. Nicht wahr? Und wir laufen auf dem
nächsten Wege zu Meister Helferich. Nach einer
Stunde hole ich Euch zum Abendimbiß ab."

Martin nickte — und im Nu war sein Zögling
an Margarethens Hand um eine Ecke verschwunden.
Er selbst ging nun auch rascher und etwas beun-
ruhigt durch die zunehmende Bewegung in so fried-

licher Stunde einem Gebäude zu, dessen schmale
Vorderseite die Stattlichkeit seines Umfanges nicht
verrieth. Es war der Hof zum Landeck und gehörte
der Patrizier-Familie gleichen Namens. Da diese
sich jedoch nur selten in Mainz aufhielt, hatte ein
Glied der Familie Gensfleisch seinen Sitz darin aufgeschlagen. Es war dies der jüngste Bruder von
Johann's Vater, der, im Besitze eines selbständigen
Vermögens, sich frühzeitig von seiner Familie unab-
hängig gemacht hatte. Mit dem Landeck befreundet
übernahm er die Ueberwachung ihres Familiensitzes
und lebte darin ganz als sein eigner Herr. Durch
ein entschiedenes Auftreten in allem, was er that,
wie durch große Freundlichkeit gegen Niederstehende,
war er trotz seiner jungen Jahre bereits zu viel Ansehen in der Stadt gelangt und war auch bei den
Zunftgenossen mehr geliebt, als einer seines Standes. Frau Else Gutenberg empfand gleichfalls große
Vorliebe für diesen Verwandten und hatte ihn deshalb ungeachtet seiner damals noch sehr großen Jugend zum Pathen ihres späten Nachkömmlings erwählt. Der junge Mann erhielt dadurch, freilich
wohl nur scherzweise, die Bezeichnung „Hennel, der
Alte," die ihm jedoch sein lebenlang verblieb. Mar-

tin, von deſſen Gelehrſamkeit Hennel in früheren
Tagen auch etwas profitirt, beſaß, wie Frau Elſe,
eine große Anhänglichkeit an ihn und beſuchte ihn
häufig, beſonders aber gern in den Stunden, die
ſein Zögling bei Meiſter Helferich zubrachte. Hen=
nel gönnte ſeinem Pathen dieſes Vergnügen ebenſo
wie Elſe und der Pater, und war gegen die An=
ſichten des alten Frielo über dieſen Punkt der dritte
in ihrem Bunde. Dabei zeigte er ſich als ein ent=
ſchiedener Gegner von Johann's Bruder, vor deſſen
hochfahrendem Sinn er ſeines Pathen Neigungen ganz
entſchieden und zwar in ſo kräftiger Rede verthei=
bigte, daß in ſeiner Gegenwart Frielo jede miß=
fällige Aeußerung barüber vermied. So bildeten dieſe
brei ohne ein beſonderes Uebereinkommen, gleichſam
ein Schutz= und Trutzbündniß für den jungen Sproſ=
ſen, der als ein etwas fremdartiges Reis auf bem
Stammbaum der Genßfleiſch und Gutenberg em=
porſchoß.

Auf ihn ſelbſt, auf ſein Gemüth jedoch blieb
dieſer Zwieſpalt, ſo liebreich ſeine Mutter ſich auch
bemühte, ihn unbemerkt an ihm vorüberzuführen,
nicht ohne Einfluß. Durch einen unwiderſtehlichen,
inneren Trieb zu einer Beſchäftigung hingezogen,

die sein Vater tadelnswerth fand, und an der we=
ber er, noch die Personen, welche ihm die liebsten
waren, ein Unrecht entdecken konnte, veranlaßte ihn
dies unwillkürlich, dasjenige, was er gerne offen
und ohne Hehl getrieben hätte, mit Vorsicht zu thun,
ja selbst mitunter recht geheim zu halten. Kam es
übrigens von Seiten seines Vaters zu directen Fra=
gen deshalb, bekannte er ohne Hinterhalt, zu was
ihn am meisten seine Neigung hinzog; da er jedoch
bemerkte, daß die lieben Augen seiner Mutter nach
solchen Scenen stets geröthet waren, unterordnete er
sich immer mehr, weniger aus Ueberlegung als aus
Instinkt, den klugen Ansichten, welche sein Thun
und Lassen liebreich beschützten. Dadurch entwickelte
sich in ihm neben dem entschiedenen Willen, der ihm
eine seinem Stande widerstrebende Richtung einschla=
gen ließ, zugleich auch eine fast ängstliche Geheim=
haltung seines innersten Wesens, was sich begreif=
licher Weise auf die daraus hervorgehende äußere
Thätigkeit übertrug. Selbst gegen Martin und seine
Mutter zeigte er sich nach und nach weniger mittheil=
sam. Sein Sinn wurde ernster und reifer, mit sich
selbst abgeschlossener, als es seinem Alter zukam.
Nur Margarethe gelang es, auf Stunden ihn in

ungezügelter Kinderluft mit sich fortzureißen, und,
wie sie sagte, sein vornehmes Gebahren zunftmäßi=
ger zu machen. Das kecke, frische, etwas verzogene
Kind eines der reichsten Bürger der Stadt fand für
seinen Muthwillen wenig Hemmnisse und fühlte eine
ganz besondere Freude dabei, den stillen Nachbars=
sohn zu fröhlicher Lust aufzustacheln.

Heute jagten sie im Sturmschritt Meister Helfe=
'rich's Werkstätte zu. Es war schon spät geworden,
der Feierabend vor der Thür und nicht zu säumen,
wollte man der kunstreichen Arbeit noch eine Weile
zusehen. Ueberdies, vertraute Margarethe ihrem
Freunde, wolle ihr Vater heute noch die Inschrift
auf einen goldenen Becher vollenden. Johann ver=
nahm dies mit sichtlichem Vergnügen. Margarethens
Hochmuth, den er heute schon so tief verletzt, wurde
dadurch wieder etwas besänftigt. — Des Junkers
Respekt vor der Geschicklichkeit des Goldschmieds,
sein inständiges Bitten, die Werkstätte besuchen zu
dürfen, schmeichelte ihrer Eitelkeit und machte den
Patriziersohn ihrem Herzen theuer. Nicht immer
jedoch durfte Margarethe mit ihrem Gespielen in
die Werkstätte kommen; sie mußte meistens erst die
Erlaubniß dazu ihrem Vater abschmeicheln und ließ

es mitunter Johann empfinden, daß es eine große Vergünstigung von ihrer Seite für ihn sei. Wenn sie dann freilich sah, daß ihn dies ärgerte, lenkte sie wieder ein und mit dem schnellen Wechsel von Krieg und Frieden, der die Kinderfreundschaften charakterisirt, folgte der bösen Stimmung immer gleich wieder eine gute, und das Mädchen übte sich in geduldigem Zuwarten, während der Knabe mit der regsten Aufmerksamkeit die Arbeit des Meisters und seiner Gesellen verfolgte.

Heute schien übrigens nicht der gewohnte Ernst und Eifer in Meister Helferich's Werkstätte zu walten. Mehr nur mechanisch, fast lässig ging die Arbeit der Gesellen von Statten, die Lehrjungen guckten mit schlecht verhehlter Neugierde aus den hellen Augen und der sonst so strenge Meister hatte keine Rüge dafür; nachdenklich drehte er das goldene Gefäß in seiner Hand und diese Prüfung wollte kein Ende nehmen, obgleich er mit einem Blicke den kleinsten Mangel zu entdecken pflegte. War er doch der erste und tüchtigste Meister der berühmten Mainzer Goldschmiedszunft. Aus seiner Werkstätte gingen die kunstreichsten Arbeiten hervor und trugen seinen Namen weit und breit durch aller Herren Länder.

Er hielt viel auf den Ruhm seiner Arbeiten, — sein
Ehrgeiz war mit seinem Fleiße, seiner Geschicklich=
keit verwachsen und war der zähe Kitt, der sein Le=
ben an seine Werkstätte, sein Haus und mit diesen un=
erschütterlich fest an seine Vaterstadt band, deren Wohl
und Ehre eins waren mit seinem eigenen Glück und
für die er jederzeit sich bereit fühlte Gut und Blut
einzusetzen. Wo es galt, Rechte und Freiheiten der
Stadt zu wahren, fehlte Meister Helferich nie, —
war es, um die Anforderungen der Patrizier zu
bekämpfen, oder der anstrebenden, geistlichen Ober=
herrschaft sich zu widersetzen.

Seit der Wahl des jetzigen Erzbischofs hatte
sich jedoch Ruhe und Friede so ziemlich ungestört in
der Stadt erhalten. Johann von Nassau, der seine
Ernennung zum Erzbischof von Mainz mehr der
Bestechung, als freier Wahl verdankte, traute der
Geistlichkeit nicht recht und suchte sich die Bürger
der mächtigen Stadt zu befreunden. Er ertheilte
ihnen mehrere Privilegien; allein dessenungeachtet
gelang es ihm nicht, sich ihre Liebe und Anhänglich=
keit zu erwerben. Er galt für einen sehr schlauen
Herrn und sein Thun und Lassen wurde mit miß=
trauischen Blicken betrachtet. Im Geheimen strebte

er auch nach unumschränkter Oberherrschaft über die
schöne Stadt am Rhein, die sich seit ewigen Zeiten
eine Freistadt nannte und dies dem Erzbisthume gegenüber bis jetzt zu behaupten gewußt hatte. Nachdem
er den schwer zu beugenden Sinn der Zünfte erkannt,
suchte er den Clerus mehr für sich zu gewinnen und die
Patrizier auf seine Seite zu ziehen. Er hoffte, auf
diese Weise, da es auf die andere nicht ging, den
gewünschten Einfluß auf die weltlichen Angelegenheiten der Stadt zu erlangen; doch die auf ihre
Rechte eifersüchtigen Zünfte hatten überall das Auge
offen und ließen sich keine Eingriffe in ihre Freiheiten gefallen. Dennoch schien es, als ob schon
seit einiger Zeit gegründete Befürchtungen sich deshalb
geltend machen wollten. Man sah die Handel- und
Gewerbetreibenden bald da, bald dort in großen
Massen sich sammeln, auf den Straßen sich zusam-
menrotten, und allenthalben wiederholten sich die-
selben Vermuthungen von drohenden Gefahren; —
allein Niemand wußte eine bestimmte Thatsache
zu nennen. Gerüchte nur waren es, die gleich der
drückenden Schwüle vor einem Gewitter dumpf und
schwer durch Mark und Sehnen der Einwohnerschaft
zogen.

Da wehte plötzlich ein stärkerer Luftzug durch
die Atmosphäre. Der Erzbischof war ohne vorherige
Ankündigung in der Stadt eingetroffen und wie ein
Lauffeuer ging es von Mund zu Mund, daß er eine
weitläufige Schrift morgen dem Rathe vorlegen wolle.
„Es handelt sich um unsere Rechte und Freiheiten,"
schallte es dieser Kunde nach, — und bald leiser, bald
lauter theilte Eins dem Andern seine Meinung darüber mit. Auch in Meister Helferich's Werkstätte
hatte das beängstigende Gerücht seinen Weg gefunden; es schien, als dränge es durch alle Ritzen der
Häuser ein und ohne viel Worte wisse Jeder, um
was es sich handle. Die Gesellen nickten sich bedeutungsvoll zu, doch wagte es keiner, seine Arbeit
aus der Hand zu legen, so lange der Meister, scheinbar wenigstens, mit seinem Werke beschäftigt war.

Da öffnete sich die Thüre und mehrere Zunftgenossen traten mit sehr erregten Mienen ein. Helferich stellte das blinkende Gefäß hart auf den Tisch
und ging den Eingetretenen entgegen, drückte ihnen
die Hände und ein leises, eifriges Gespräch begann.
Auf seinen Wink stellten die Gesellen und Lehrjungen ihre Arbeiten ein und schaarten sich bescheiden
neben einander zur Seite, begierig, etwas aus den

Worten und Geberden der Meister zu erlauschen.
Doch bald wurde es lauter in der Werkstätte, sie
füllte sich immer mehr an und was erst leise ver-
handelt worden, ging nun in offene Berathung
über.

„Es waltet kein Zweifel mehr ob," übertönte
Helferich's kräftige Stimme die andern, „daß von
Seiten des Erzbischofs morgen dem Rathe der Stadt
eine Schrift vorgelegt werden wird, die uns beweisen soll, daß das Erzbisthum unumschränkte Herrscherrechte über uns habe, und wir nichts weiter, als
Unterthanen desselben seien."

Ein donnerndes Murren erschütterte die Werkstätte,
in das einzelne Ausrufe wie Blitze hineinfuhren:

„Wir sind freie Bürger."

„Hat unsere Stadt nicht Freibriefe und Privilegien, von Kaiser und Reich verbürgt?"

„Ist es nicht eine Freistadt von undenklichen Zeiten her?"

„Unsere Rechte soll uns Niemand schmälern! das
dulden wir nicht!"

„Geht's nicht anders, dann drauf und dran —
hinaus mit den Feinden, seien es nun die Schwarzen oder die Alten!"

„Wer unsere Freiheiten antasten will, ist unser Feind. Und wir sind die Stärkern, wir fürchten uns nicht!"

„Es leben die Freiheiten unserer Stadt — der Zunftgenossen Rechte und ihre Macht!" rief Meister Helferich in gehobener Stimmung und ergriff den goldenen Pokal, sein schönes Kunstwerk, füllte ihn mit perlendem Rheinwein bis zum Rande, schwang ihn empor, that den ersten langen Zug daraus und fuhr mit stolzem Bewußtsein fort: „Da, Ihr lieben Zunftgenossen, nehmt, thut mir Bescheid; — auch wir können aus goldenen Gefäßen trinken wie die Herren. Wir wollen uns ihnen an Ansehen und Macht gleich stellen. Wer kann's uns wehren, wenn wir fest zusammenhalten. Nichts lassen wir uns gefallen — hört Ihr, gar nichts! Durch unserer Hände Arbeit haben wir uns emporgeschwungen, unsere Stadt zu einer der ersten des Reiches gemacht; — Einer aus unserer Mitte hat den Städtebund gegründet zum Schutz und Schirm gegen rohe Gewalt. Die Städte, ihre Rechte und Privilegien sind das Palladium des Handels und der Gewerbe, der Künste und Wissenschaften; — unsere heiligste Pflicht ist es, sie ungeschmälert in unseren Mauern zu erhalten.

Ist einer von uns, der es anders will, so stürzt ihn ungesäumt in die Fluthen des Rheins, daß sie die Schande des ausgearteten Sohnes begraben, der nicht werth war, an seinen Ufern geboren zu sein."

Der Becher kreiste unter derben, begeisterten Schwüren die Runde der Männer, welche alle, ein Herz und ein Sinn, die Freiheit der theuren Vaterstadt zu wahren gelobten.

In einer Art Nische im Hintergrunde der Werkstätte, nahe an einem kleinen Fenster, das nach einem Hofraume zuging, der an ein zierliches Blumenbeet der Frau Else Gutenberg stieß, und nur durch eine niedere Mauer davon getrennt war, hatten Margarethe und Johann sich zurückgezogen, als der mäßig große Raum sich immer mehr anfüllte. Ein Lehrling von stattlichem Wuchse und hübschem Gesichte war ihnen gefolgt und hatte sich auf den Boden zu Margarethens Füßen niedergelassen. Sie saß mit Johann auf einer niedern Bank, des Lehrlings Nähe schien ihr nicht angenehm, denn sie würdigte ihn kaum eines Blickes, er aber beobachtete sie und ihren jugendlichen Freund unausgesetzt. Nach einer Weile stand er auf und flüsterte dem Mädchen in's Ohr:

„Heute giebt's nichts für deinen Junkherr hier zu sehen; — schicktest ihn besser fort zu seiner vornehmen Sippschaft, — thut er auch freundlich mit uns, gehört er doch zu den hochnasigen Alten, und wird ihnen gleich zutragen, was hier los war. Und sie und die Schwarzen langen nach einer Handhabe, um daran emporzuklimmen. Verstanden, Grethe?"

Das Mädchen warf einen raschen Blick auf Johann, der nachdenklich in das Gelärme hinein sah, dann sagte sie kurz aber sehr bestimmt zu dem unberufenen Warner:

„Er bleibt hier. Verstanden, Jakob?"

Dieser zuckte die Achseln, ließ sich wieder zu Boden gleiten und lachte höhnisch zu dem Mädchen auf. Ueber Margarethens Gesicht flog ein dunkles Roth; — zornig faßte sie den blonden Kopf des Lehrlings und drückte ihn erboßt zur Seite, — dann sprang sie auf die Bank, gleichsam um jedem ferneren Gespräche mit ihm zu entgehen; allein auch er erhob sich pfeilschnell und postirte sich trotzig an ihre Seite. Margarethe that, als bemerkte sie es nicht und schaute mit lebhaftem Auge über die Männer hin, in deren Hand der goldene Becher kreiste, den ihr Vater immer und immer wieder füllte. Johann blieb auf der niederen Bank sitzen und sah ernst fast traurig vor sich nieder.

„Was fehlt dir, Henne?" fragte ihn nach einer Weile das Mädchen, indem sie sich abwärts beugte, nach seinen langen weichen Locken griff und mit sanfter Gewalt sein Gesicht dem ihren entgegen kehrte.

„Ich wollte dein Vater und die Gesellen arbeiteten wie sonst, und es wäre ruhig in der Werkstätte," gab er zur Antwort.

„Das machte dem Junkherrlein wohl mehr Freude, als der Lärmen, der auch den Alten nichts Gutes bedeutet," flüsterte der Lehrling von der andern Seite Margarethe zu.

Ein blitzender Blick traf ihn dafür, dann fragte sie mit erzwungener Ruhe ihren Gespielen:

„Hast du denn nicht gehört, Johann, um was es sich handelt? das geht Alle an, die es gut mit der Stadt meinen."

„Ich vernahm es wohl," erwiderte der Knabe. „Aber noch weiß man ja nicht mit Bestimmtheit zu sagen, was die Schrift des Erzbischofs enthält. Man sollte sie doch erst lesen und prüfen, meine ich, ehe man sich so wild dagegen geberdet. Und wenn man's gelesen, könnte man ja auch gemein-

schaftlich barthun in Wort und Schrift, was man
will. Wäre das nicht besser, als gleich drohen, oder
gar dreinschlagen? O, durch Wort und Schrift
ließe sich gewiß vieles ausgleichen und feststellen
und es bedürfte nicht der rohen Gewalt."

Johann's braunes Auge strahlte wie ein Stern
und ein geistiger Hauch, eine hohe Weihe zog über
sein ernstes, sinniges Gesicht. Margarethe hing
gefesselt an seinem Anblick, da bemerkte der Lehrling spöttisch:

„Das würde viel Zeit kosten, Junkherr, wollte
man Alles schriftlich ausfechten. Wer sollte denn das
alles schreiben und lesen, was der Menschheit zu Nutz
und Frommen taugte? Da ist das Dreinschlagen eine
viel bessere Sache. Das versteht Jeder und geht
blitzschnell von Hand zu Hand, von Ort zu Ort.
Wir sind zwar keine Ritter, wir Städtischen, und wir
Zünftigen sind nicht einmal Junkherr zu Pferd, wie
ihr Alten, — aber wir haben von der Arbeit harte
Fäuste und wenn's an's Dreinschlagen geht, ziehen
wir sicher nicht den Kürzeren und könnten selbst, wenn
es sein müßte, die Junkherrn hoch zu Roß auf den
Erdboden niederlegen."

Auf Johann's Stirn zog Zornesröthe auf. Seine

Hand ballte sich und zuckte nach dem prahlerischen Lehrling, — doch schnell, als bereue er diese Aufwallung und wolle sie gewaltsam dämpfen, wandte er sich von ihm hinweg und sagte:

„Du hast mich nicht verstanden, Jakob, und wirst es auch nie."

Den Lehrling ärgerte diese Geringschätzung, er warf einen herausfordernden Blick auf Johann, allein dieser achtete nicht darauf und nahm seine frühere nachdenkliche Stellung wieder ein. Erboßt, daß er den Junkherr nichts anhaben konnte, griff Jakob nach Margarethens Hand, packte sie mit beinahe schmerzhaftem Drucke und beugte das Mädchen gewaltsam zu sich nieder.

„Wie magst du nur mit dem albernen Träumer verkehren?" raunte er ihr zu. „Es schickte sich viel besser für dich, du hieltest zu mir. Bin ich doch, wie du, das Kind eines reichen Zunftgenossen des gülbenen Mainz, in dem ich einst ein angesehener Mann zu werden gedenke, wie dein Vater und der meine einer ist; — und bist du gleich des reichen Meister Helferich's einziges Kind, und der alte Fust hat noch mehr Söhne, als mich, werde ich doch einmal eine Werkstätte haben, wie diese hier, und kann

vielleicht noch höher steigen, als mein Ahn, der
Stadtrichter war."

„Kannst vielleicht gar erster Bürgermeister werden!" spottete Margarethe und suchte ihm ihre Hand
zu entwinden.

„Wer weiß, was geschieht?" erwiderte er ernsthaft und drückte ihre Hand noch fester.

Sie wurde so böse darüber, daß sie ihn schlug
und stieß. Da sah Johann auf.

„Laß sie los," befahl er und stellte sich drohend
neben Jakob, und wie dieser es nicht that, packte
er seinen Arm mit solcher Gewalt, daß er einen
Aufschrei des Schmerzes nicht unterdrücken konnte
und Margarethens Hand los ließ, dann aber scherzte
er über den ganzen Vorfall, als sei es ein Spaß
gewesen, den sie sich gegenseitig mit einander erlaubt.

Indessen wurde es immer lebhafter in der Werkstätte. Da bat Meister Helferich um Stille und machte
den Vorschlag: alle Zünfte zusammen zu berufen und
sich auf einem freien Platze der Stadt gemeinschaftlich einzufinden. Nach kurzer Berathung trennten sich
die Männer und zerstreuten sich in verschiedener
Richtung, um die Gleichgesinnten aufzusuchen. Es
wurde in der Werkstätte still und leer; auch Jakob

mußte sich auf Befehl eines Gesellen entfernen, um
noch einiges für die Arbeit des morgenden Tages zu
bestellen. Nur widerstrebend verließ er Margarethe
und Johann. Er hätte erst gerne die Entfernung
des Junkherrs abgewartet, doch er mußte gehorchen.
Bald nachher wollte auch Johann seiner Gespielin
gute Nacht sagen, um den Pater abzuholen, allein
Margarethe hielt ihn noch auf durch eine Beschreibung
von kunstvollen Gegenständen, die Signor Antonio,
ein italienischer Handelsmann, ihrer Mutter gebracht,
und versprach ihm, er solle sie in diesen Tagen sehen. Es seien prächtige Gläser und schön geschlif-
fene Steine, — auch ein kleiner Spiegel, alles
aus einer Fabrik Venedigs. Die muß ganz prächtig sein!" setzte sie hinzu. „Signor Antonio soll dir
davon erzählen, wenn er wiederkehrt. Jetzt ist er
den Rhein hinunter, Geschäfte zu machen."

„Ich möchte wohl auch einmal hinaus in die
Welt, und sehen und lernen, darüber nachdenken
und dann etwas schaffen, was die Menschheit be-
glückte," erwiderte Johann und ein ungemein sin-
niger Ausdruck erhöhte die Schönheit seines blassen
Gesichtes. „Und dann," setzte er leise und innig
hinzu, „dann möchte ich wiederkehren in die liebe

deutsche Heimath, zu der theuren Mutter — und auch zu dir, Margarethe, und —"

„Zu deinem weisen Lehrer nicht auch?" fiel sie ihm neckisch in die ernste Rede und zeigte auf ein Fenster, an dem die dunkle Gestalt Pater Martin's in undeutlichen Umrissen sichtbar wurde. „Sieh nur," fuhr sie lustig fort, „wie er kohlenrabenschwarz da= steht, grade wie ein Gespenst, — und wie er klopft, als sei er ein Poltergeist."

„Aber ein gar guter," fiel Johann ein und nickte freundlich dem etwas ungeduldig klopfenden Martin zu, der seinen säumenden Zögling zum Gang nach Hause abrief.

Im Hof zum Gutenberg war indessen Frielo eingetroffen, der sich dem Zuge des Erzbischofs an= geschlossen hatte, welcher heute von Eltwill nach Mainz sich begeben. Er war begierig zu erfahren, wie die Ansprüche des Erzbisthums, die Johann von Nassau durch eine weitläufige Schrift der Stadt dar= legen wollte, von ihren Einwohnern aufgenommen und die Sache sich entwickeln werde. Der Erzbischof hatte dies Aktenstück selbst abgefaßt und darin mit vielem Geist und vieler Klugheit alle Beweisgründe ent= wickelt, nach denen dem Erzbisthum die unum=

schränkte Herrschaft über die schöne Stadt zukomme.
Er glaubte den richtigen Zeitpunkt zu diesem Schritte
gut gewählt, und in der fortdauernden Spannung
der Zunftgenossen und der Patrizier den wunden
Fleck gefunden zu haben, an den seine herrsch-
süchtigen Gelüste anzuknüpfen seien. Längst schon
nagten im Geheimen diese innern Streitigkeiten an
der Wohlfahrt der Stadt. Seinem scharfsichtigen
Blick war dies nicht entgangen und er rechnete
darauf, durch die gegenseitige Feindschaft des Adels
und der Bürgerschaft beide Theile für seine Oberherrschaft zu gewinnen, durch eine kluge Darlegung
der Vortheile, die beiden Partheien daraus erwachsen würden, beide auf seine Seite zu ziehen, und
so auf friedlichem Wege zu erreichen, was ihm für
gewaltsame Schritte zu gefährlich erschien. Einmal
die Macht in Händen, hoffte er, sie auch darin
festhalten zu können, und war entschlossen, dann
kein Mittel mehr zu diesem Zwecke zu scheuen. Doch
selbst die Patrizier, denen er die meisten Vortheile
verhieß, wollten sich nicht zur Anerkennung der erzbischöflichen Oberherrschaft über die Stadt verstehen,
und die Zünfte erklärten sich ganz entschieden dagegen. Unbekümmert um die Beweisführung des

Erzbischofs regierte die Stadt nach wie vor sich selbst und alle Drohungen schreckten die Bürgerschaft nicht ab, an ihren alten Rechten und Freiheiten fest zu halten.

Der Schritt des Erzbischofs blieb aber dessen ungeachtet nicht ohne schlimme Folgen. Das Mißtrauen gegen ihn, das dadurch neue und gegründete Nahrung gefunden, trug sich in erhöhtem Grade auf den gesammten Clerus über, was zu fortwährenden Conflicten zwischen der geistlichen und weltlichen Macht Veranlassung gab. Die öffentliche Meinung der Stadt bezeichnete von da an die Vertreter des Reiches Christi, des Reiches der Liebe und Humanität, als Feinde der bürgerlichen Wohlfahrt; und der irdische Theil der Kinder dieser Welt stellte sich in dieser Ueberzeugung den an sie gemachten Ansprüchen einer zu weit ausgedehnten kirchlichen Gewalt immer schroffer entgegen. Diese Spaltung griff in alle Verhältnisse störend ein, in das gewerbliche, wie in das Familienleben und schürte an der Feindschaft der Patrizier und der Zunftgenossen. Das Schlimmste jedoch war, daß heilige Dinge dadurch ein Gegenstand des Volkswitzes wurden, was von der andern Seite ein vergebens Be-

mühen hervorrief, durch Mirakel, Ammenmärchen
und Gespenstergeschichten die Sache der Religion
zu unterstützen. Das Band des christlichen Glau-
bens, das sein Stifter aus Liebe und Duldung ge-
woben, um mit demselben Welt und Kirche, Himmel und Erde einander nahe zu bringen, verwan-
delte sich zu einer gehässigen Fessel, die man einerseits zu zerreißen, andernseits mit allen nur denkba-
ren Mitteln der List und Gewalt zusammenzuhalten
suchte.

Ueber der freundlichen, so lange im schönsten
Flore blühenden Stadt zog das begonnene Jahrhundert inhaltvoll und inhaltschwer herauf. Noch
athmete der alte Geist darin, — jedoch in banger
Ahnung, wie ein noch rüstiger Greis an einem offenen Grabe, aus dessen dunkler Tiefe das unauf-
haltbare Geschick ihm entgegengähnt und ihn schau-
bernd an die geheimnißvolle Zukunft mahnt, welche
chaotisch in Licht und Finsterniß gehüllt, kein klares
Bild ihm verdeutlicht, ihn nicht erkennen läßt, ob
Rosen oder Disteln der Stelle seiner Verwesung
entkeimen werden, Friede oder Krieg einst über sie
hinziehen wird. — Doch jedem Sterbenden, — sei
es ein einzelnes, an und für sich unbedeutendes Le-

ben, sei es der Pulsschlag eines ganzen Jahrhun-
berts, — bleibt bei allen Schauern des Todes der
Trost seines ewigen Antheils an der Schöpfung, seines ewigen Anrechtes an die Fortschritte der Menschheit, welche, gleich einer Leuchte der Ewigkeit, aus
ihr hervorgehend auch mit ihr fortwandeln durch
alle Zeiten hindurch, — ein göttlicher Strahl, der
immer und immer wieder siegreich durch Nacht und
Finsterniß bricht, — den wechselnden Weltgeschicken
ein höherer Fingerzeig.

4.

Wir müssen über einen Zeitraum von zehn Jahren hinweg schreiten und können diesen nur flüchtig in einigen seiner Hauptzüge berühren, nur in soweit, als es auf die Personen, die uns hauptsächlich beschäftigen, und die Begebenheiten, die sich mit ihnen verflechten, von Einfluß und zu ihrer richtigen Verständniß nöthig ist.

Die Unruhen und Wirren, welche wir schon angedeutet, steigerten sich immer mehr. Sank inzwischen auch eines, der um die deutsche Kaiserkrone streitenden Häupter in's Grab, erhob sich dafür ein anderes in diesem Schmucke wieder, das der deutschen Nation von noch minderem Heile war; — und kam gleich ein Concilium in Constanz zu Stande, dessen Zweck — durchgreifende Kirchenreformen, Schlich-

tung der Glaubensstreitigkeiten und die richtige Er=
kennung des einen, wahren Stellvertreters Christi
von Dreien sein sollte, — hatte dieses während
beinahe vierjähriger Sitzungen nichts bezweckt, als
daß der glimmende Funke des mißhandelten Glau=
bens durch Huß und Hieronimus Opfertod zur lo=
dernden Flamme angefacht worden, und an die Stelle
der drei Gegen=Päpste, nach vielen unerquicklichen
Streitigkeiten und Prozeßverhandlungen, von bluti=
gen Fehden begleitet, endlich Cardinal Otto von
Colonna unter dem Namen Martin V. den Stuhl
Petri bestieg. Allein der Neuerwählte zeigte sich
eben so wenig bereit wie seine Vorgänger, die von
Frankreich, England und besonders von Deutschland,
das unter den eingeschlichenen Mißbräuchen am mei=
sten litt, geforderten Kirchenreformen zu bewilligen.
Er wich allen deshalb an ihn gestellten Forderungen
aus, und statt der gewünschten Verbesserungen, wurden
täuschende Concordate geboten. Die Nationen woll=
ten jedoch nicht annehmen, was ihnen durch ihre
Geistlichen dargereicht wurde: England und Frankreich
suchten in Verbindung mit ihren Ständen energische
Maßregeln dagegen zu ergreifen, während die ver=
worrenen und zerfahrenen Zustände Deutschlands

den Willen der Nation zu keinem einheitlichem Han=
deln kommen ließen.

Die unerquicklichen Verhandlungen, wie der Fa=
natismus des Constanzer Conciliums, von dem man
Heil erwartete, übten den schlimmsten Einfluß auf
Deutschland aus und das damals in ganz unzählige
Theile zersplitterte Reich fand nicht einmal einen
kleinen Halt an seinem Haupte, dem deutschen König.
Sigismund trieb sich größentheils in Sauß und
Brauß auf Reisen umher und verbrauchte dafür
ungeheure Summen Geldes, um die zu erhalten,
er Güter und Rechte der Nation veräußerte, versetzte
und verpfändete und wieder Rechte und Privilegien
unrechtmäßig austheilte oder willkürlich verlieh. Da=
zu kam seine für Deutschland unheilvolle Nachgie=
bigkeit gegen den Papst und die zweideutige Rolle,
die er bei dem Proceß gegen Huß gespielt. Sein Erb=
land Böhmen entfremdete sich ihm dadurch und wurde
zur Feindschaft gegen Deutschland aufgestachelt, mit
dem es durch seinen Vater und Bruder aufs innigste
befreundet gewesen. Die Aufregung in Böhmen
bereits auf gefährlicher Höhe angelangt, erreichte
durch einen Bannfluch des Papstes den höchsten
Grad und das Volk wie auch ein Theil der Großen

des Reichs, empörten sich jetzt offen gegen die geistliche und weltliche Gewalt.

Sigismund unternahm einen Kreuzzug gegen die Rebellen und Ketzer, und die Gräuel des Hussitenkrieges begannen. Die reine Lehre des Christenthums, welche Huß gepredigt, ging unter den aufgestachelten Leidenschaften der Partheien in Schwärmerei und Fanatismus über und Angreifer, wie Vertheidiger suchten sich bald in Grausamkeiten zu überbieten. Die deutschen Fürsten unterstützten ihren Kaiser auf's eifrigste in diesem Kriege, der jedoch ihren Heeren mehr Niederlagen als Lorbeern brachte. Die Städter und Bauern, welche nur gezwungen sich diesem Kriegszuge anreihten und einen großen Theil des Heeres bildeten, benutzten die erste, beste Gelegenheit, Reißaus zu nehmen. Die Mehrzahl von ihnen sympathisirte in's geheim mit den böhmischen Aufrührern, denn fast in allen deutschen Städten und freien Gemeinden neigte man sich im Stillen den hussischen Lehren zu, die längst in Böhmen Wurzel gefaßt und durch die Verhandlungen des Constanzer Concils nun dort zur offenen Empörung emporgeschossen waren. Sie durchzitterten die innersten Fasern unsres Vaterlands, und bereiteten in seinen

schwergedrückten Gauen die Reformation vor, die
ein Jahrhundert später durch Luther und Melanchthon
muthig das Haupt gegen den Mißbrauch geistlicher
Gewalt erhob.

Allenthalben gährte es einer Läuterung entgegen,
wenn diese auch größentheils noch unverstanden blieb
und noch nicht richtig erkannt wurde, welcher Art
sie einst sein werde. Dadurch gelangten die all=
seitigen Verhältnisse auf eine gefährliche Spitze, die
widerstrebenden rieben sich hart an einander und
die feindlichen gestalteten sich immer feindseliger:
Abneigung wurde zu Haß, Mißgunst und Hader
zu Rache und Verfolgung.

Auch in der schönen Stadt am Rheine, die sich
die güldene nannte, wirkten die allgemeinen Zer=
würfnisse auf ihre speziellen Verhältnisse unerfreu=
lich ein und steigerten die Feindschaft der Zunftge=
nossen und Patrizier, wie das Mißtrauen gegen
den Clerus. Kaum daß noch hin und wieder ein
flüchtiger Gruß zwischen ihnen gewechselt wurde;
eine freundliche Annäherung fand nirgends mehr
statt, vielmehr kam es häufig zu groben Worten
und Thätlichkeiten, zwischen dem Adel und der Bür=

gerschaft und auch der Hader mit dem Clerus nahm eine immer gehässigere Gestalt an. Wie die Zünfte sich jeder Forderung der Patrizier trotzig entgegenstellten, wießen sie auch mit Hohn die Drohungen ihrer Geistlichkeit zurück. Die Zünfte handhabten unter dem Einflusse der Zeitereignisse die errungenen Rechte und die lange bewahrten Freiheiten mit trotziger Gewalt und sahen die Gefahr nicht ein, die für die eigene Kraft in jeder Ueberschätzung liegt. Noch freilich behaupteten sie den gewonnenen Standpunkt. Erzbischof Johann starb, ohne mehr Herrschaft als seine Vorgänger über die Stadt erlangt zu haben. Dessen ungeachtet vermehrten sich nach seinem Tode die bürgerlichen Unruhen in derselben, und zwar so, daß sein Nachfolger gegen die uralte Sitte an einem andern Orte des Erzbisthums erwählt werden mußte. Dies brachte die unruhigen Köpfe etwas zur Besinnung. und es fand, was lange nicht geschehen, eine Annäherung zwischen den Patriziern und Zunftgenossen statt, wobei beschlossen wurde, gemeinschaftlich den neuerwählten Erzbischof zu empfangen und ihn in festlichem Zuge in seiner Residenzstadt abzuholen. Der Tag zu dieser Festlichkeit wurde von Seiten des Erzbischofs bestimmt, und

6*

am Abende zuvor versammlten sich die angesehensten Zunftmeister und ihre besten Gesellen, Söhne reicher Familien, in Meister Helferich's Werkstätte, um noch nähere Verabredung wegen des stattfindenden Zuges zu treffen.

Margarethe, Helferich's schöne, stattliche Tochter, saß in der Vertiefung des Hintergrundes auf derselben niederen Bank, auf welcher sie so oft mit ihrem Gespielen Johann gesessen. Doch statt seiner war Jakob an ihrer Seite, der erste Geselle ihres Vaters, sein bestimmter Nachfolger im Geschäfte und ihr bestimmter, zukünftiger Gatte. Noch hatte sie zu dieser väterlichen Uebereinkunft ihr Jawort nicht gegeben, und trotzig wie sie war und seit der Mutter Tod alleinige Herrin im Hause, hatte ihr Vater ihr immer wieder Bedenkzeit bewilligt, und Jakob mit seines biblischen Namensvetters Schicksal vertröstet und ihn zum Ausharren und zur Geduld ermahnt.

Der Geselle, welcher Margarethe nicht nur um ihrer hübschen Persönlichkeit, sondern auch der äußeren Vortheile wegen, die eine Verbindung mit ihr ihm boten, zum Weibe wünschte, verfolgte sein Ziel mit vieler Beharrlichkeit. In kluger Weise zeigte er sich dem Mädchen bald willfährig, selbst unterthänig, bald wußte er eine gewisse Herrschaft über sie zu behaupten und dieses, wie die lange Gewohnheit des Beisammenseins, machte ihr die Nähe Jakob's fast unentbehrlich. Allein ihr Herz, das eigensinnig an einem andern Bilde hing, sträubte sich· gegen eine eheliche Verbindung mit ihm, und so oft auch ihre Ueberlegung ihr eine solche als gut und räthlich anpries, vermochte sie doch nicht es über sich zu gewinnen, darauf einzugehen.

Schweigend hörte sie die Verathungen über den Einzug des Erzbischofs mit an und nur zuweilen verzog ein spöttisches Lächeln ihre frischrothen, etwas aufgeworfenen Lippen. Als sich dies wieder deutlicher zeigte, fragte sie Jakob mit forschendem Blicke, was sie denn über die morgenden Festlichkeiten denke.

„Daß Ihr Euch dabei als schlechte Reiter produciren werdet," antwortete sie rasch. „Oder" fuhr sie fort, als eine Röthe des Aergers über Jakob's Gesicht zog, „glaubst du wohl, dein und mein Vater wie die übrigen Zunftmeister werden sich gut zu Roß ausnehmen? Was man das ganze Jahr nicht

übt, sollte man auch bei solchen Gelegenheiten un=
terlassen."

„So? Und du denkst wohl gar," fiel Jakob ein,
„wir sollten den Alten zu Fuß nachfolgen, und uns
von ihren Pferden herab aushöhnen lassen? O, nein.
Was die können, vermögen wir auch. Wir werden
so fest zu Pferde sitzen, wie sie; und der Junkherr
Johann zum Gutenberg soll mir's nicht zuvorthun.
Das schwöre ich dir, Grethe."

„Ist nicht von Nöthen," erwiderte sie etwas
schnippisch. Dann maß sie ihn von Kopf bis zur
Ferse, und sagte in einem Tone, der weder Spott
noch Ernst verrieth:

„Du bist so groß wie er und beinahe so wohlgestal=
tet, und kannst auch vielleicht grade so gut zu Pferde
sitzen, wie er, denn auch er übt diese Kunst nicht allzu
oft, aber dennoch wirst weder du noch werden die An=
dern Ehre und Vergnügen bei diesem Zuge ernten. Ihr
werdet die Kürzeren ziehen, verlasse dich darauf. Die
Zunftgenossen blieben besser in der Stadt und empfin=
gen den Erzbischof an ihrer Pforte. Es wäre Ehre
genug für ihn und besser für sie. Laßt die Alten
reiten wohin sie wollen, ohne euch, denn mit ein=
ander macht ihr doch nichts ohne Haber aus."

„Ich wollte, es käme einmal wieder zu einem Streite, wie vor hundert Jahren, wo unsere Ahnen sie zur Stadt hinaus jagten, denn so lange sie hier sind, giebt's keinen Frieden," erwiderte Jakob mit Ingrimm.

„Ihr tragt so viel Schuld daran, wie sie," fiel Margarethe schnell ein.

„Du nimmst sie in Schutz?" entgegnete er heftig. „Schäme dich, Margarethe! Man sollte glauben, dein Gespiele von ehemals verkehre noch täglich mit dir."

Margarethens Lippen preßten sich zusammen, ihre blauen Augen blitzten, doch ohne etwas zu erwidern wandte sie sich mit einer raschen Bewegung von Jakob hinweg und verließ die Werkstätte. Er sah ihr ärgerlich nach und murmelte:

„In den nächsten Tagen muß es sich entscheiden. Was kann sie mit dieser Neigung wollen, die er nicht einmal zu theilen scheint? — Ist sie mein Weib, wird sie schon zur Vernunft kommen, — weigert sie sich, es zu werden, gehe ich mit der Sprache heraus, und sag's dem Meister, wonach der Sinn der Goldschmieds Tochter steht, dann wird sich's zeigen, ob ihr oder unser Wille gilt."

Margarethe ging in die Stube hinauf und nahm
eine Arbeit zur Hand; — doch ihre Augen brann-
ten sie wie Feuer, — sie sah nur unsicher die feine
Näherei und warf sie bald wieder zur Seite. Es
duldete sie nicht mehr auf dem Platze am Fenster,
nicht mehr in der Stube. Sie kam ihr so groß
und leer vor, und war doch mit so schönen Zier-
rathen angefüllt, so blank und kostbar eingerichtet,
wie kaum ein anderes reiches Bürgerhaus der Stadt
es bot. Sie trat wieder hinaus, ertheilte den Mäg-
den einige Befehle, schalt und ärgerte sich über Dies
und Das, dann ging sie langsam, dann rasch und
immer rascher durch einen langen schmalen Gang
einige Stufen hinan in ein Kämmerlein, das nach
dem Hofe zu lag. Als sie hier eintrat, klopfte ihr
Herz fast hörbar. Schwankend blieb sie an der
Thüre stehen; — ihr Stolz empörte sich gegen das,
was sie vorhatte, und doch war er nach kurzer
Weile überwunden. Sie drückte die Thüre in's
Schloß und näherte sich einem kleinen Fenster und
spähte fast athemlos durch dasselbe hinaus nach dem
Hofe zum Gutenberg hinüber, dessen Rückseite von
hier sichtbar war. Unter dem Fensterlein lag der
Blumengarten der Frau Else und hochoben die

Dachkammer, Johann's geheime Werkstätte, in der
er noch immer in unbelauschten Stunden sein Wesen
trieb. Doch längst hatten die Zeichen, die sie von
hier aus mit einander gewechselt, aufgehört; denn
Johann kam seit Jahren nicht mehr herüber in die
Werkstätte und nur zufälliges Begegnen führte sie
noch hie und da zusammen. Der blasse Knabe war
zum blühenden Jünglinge geworden, — sie eine
Jungfrau; — die feindseligen Gesinnungen der Patrizier und Zunftgenossen hatten sich gesteigert, und
so wich die innige Freundschaft der Kinder mit dem
Aelterwerden diesen Verhältnissen. Aber vielleicht
gerade dadurch, daß das unbefangene Jugendglück
gestört wurde, erwachte in Margarethens Herz die
Sehnsucht darnach in erhöhterem Grade; je mehr
der Knabe über sie hinauswuchs, und je schöner und
stattlicher er wurde, desto heftiger verlangte es sie,
ihm wieder nahe, ja noch näher zu kommen, als
einst in den glücklichen Kinderjahren. Wohl sträubte
sich ihr Stolz und ihr Mädchentrotz gegen diese
Sehnsucht, dies Verlangen — und daß sie ihn liebe,
den Knaben, der nicht älter war als sie, den Sohn
der hochmüthigen Alten, wollte sie sich lange nicht
eingestehen. — Da, als sie einst am Fensterlein

der kleinen Kammer lag und durch gebrochene Wolken der Mond gar sehnsüchtig auf die Erde nieder-
schaute, und eine Nachtigall in Elsens Garten süße
Liebesmelodien sang, stiegen die verrätherischen
Thränen aus dem jungen Mädchenherzen auf und
brachen seinen Stolz und klagten mit der Nachtigall und erzählten dem Monde sein süßes Leid.

Ihre Liebe zu Johann sich eingestehend, sah sie
auch die Unhaltbarkeit derselben ein und kämpfte dagegen an; — allein gerade in dem Widerspruche der
Verhältnisse lag ein Reiz mehr für des Mädchens
trotzige Natur. Der Stolz der Patrizier, der fest
daran hielt, keine verwandtschaftliche Verbindung mit
den Zunftgenossen einzugehen, und darin den höheren
Stand und Rang unangetastet behauptete, stellte sich
als unüberwindliches Hinderniß ihrer Liebe entgegen,
kaum minder die feindseligen Gesinnungen der Zünfte
gegen die adeligen Hausgenossen, deren Einfluß
auf alle städtischen Angelegenheiten sie untergraben,
deren Macht sie brechen, aber nicht ihren Hochmuth
auf ihre adelige Abkunft beugen konnten.

Johann, der so lange in Meister Helferich's
Werkstätte aus- und eingegangen, kam nach und
nach seltener und blieb zuletzt ganz aus. Sein Va-

ter verlangte es entschieden von ihm; auch nahmen
ihn jetzt wissenschaftliche Studien mehr in Anspruch;
dabei übte er sich jedoch fortwährend in mechanischen
Fertigkeiten, und die Kammer unter dem Dache blieb
nach wie vor seine Werkstätte. Margarethe entging
dies nicht und ganz insgeheim nährte ihre Liebe die
Hoffnung, der Patriziersohn werde einst noch um
ihretwillen ein Zunftgenosse werden. Doch sang sie
nicht mehr aus einer Dachluke zu ihm hinüber;
nur verstohlen schaute sie aus dem kleinen Fensterlein und freute sich, wenn sie ihn unbemerkt sah.
An schönen Sommerabenden, wenn er mit seiner Mutter im Garten war und ihr die Blumen pflegen
half, schaute er wohl auch herauf an dem Nachbars-
hause und Margarethe hoffte — glaubte, er spähe
nach ihr. So wuchs ihre Liebe im Lauf der Jahre.
Ihr Vater drängte zu einer Heirath mit dem Sohne
seines Freundes Fust. Jakob war ganz der Mann,
wie er ihn für seine Werkstätte, für sein Kind und für
seinen Reichthum wünschte, doch Margarethe zögerte,
bat um Aufschub und die väterliche Liebe beherrschte
den sonst sehr entschiedenen Willen des alten Meisters.
Etwas Bestimmtes jedoch wagte ihr Herz nicht zu
wollen, noch weniger ihr Mund zu verlangen. Die

Verhältnisse lagen zu ungünstig, auch war sie ja
Johann's Liebe nicht gewiß, eben so wenig seiner
Gesinnungen gegen die Zunftgenossen. Freundlich,
wie er immer mit ihr gewesen, war er es freilich
noch und wenn sie sich begegneten, hatte er stets ein
liebes Wort für sie, aber sie wagte dem, was er
sagte, keine bestimmte Deutung zu geben. Jedenfalls, wenn er sie liebte, suchte er diese Empfindung
zurückzudrängen und erwartete wohl ein gleiches
von ihr. Sie wollte es auch, wollte keine Schwäche
dem Sohn der Feinde verrathen, sich, der Tochter
des reichen Meister Helferich, keine Blöße geben,
allein dennoch folgte sie dem Herzen, folgte ihm immer wieder und suchte das Fensterlein auf, aus dem
sie hinüberschauen konnte nach seinem Hause. Oft
schon hatte sie beschlossen, es nicht mehr zu thun, —
doch erst gestern stand sie hier — und heute schon
wieder. Aber wie zur Rache dafür konnte sie drüben nichts bemerken. In der Kammer unter dem
Dache war es ganz still und drunten im Garten
rauschte nur der Wind über die gelben Blätter, die
er von den Bäumen geschüttelt. Nicht einmal eine
Blume war mehr zu schauen, die letzte kalte Nacht
hatte sie alle geknickt.

Sie dachte der Zeit, wo sie mit Johann da un=
ten gespielt, oder er über die Mauer geklettert war,
um in den kleinen Hofraum zu ihr herüber zu kom=
men. Oft hatte er ihr eine schöne Blume aus El=
sens Garten mitgebracht; aber sie hatte alle wieder
verloren, keine im Gebetbuche aufbewahrt. Wie
gern hätte sie jetzt ein solches Andenken an das
Herz, an die Lippen gedrückt, — damals war der
Werth der Blumen ein vorübergehender für sie, —
mit ihrem Dufte war er dahin. Sie hatte den
lieben Gespielen ja selbst, sie brauchte kein Erin=
nerungszeichen an ihn. Jetzt, eine Blume, von
seiner Hand ihr dargereicht — sie hätte sie nimmer
gelassen. In dem Garten unten blühten keine Blu=
men mehr, — und wie sie geblüht, wie sie auch im
Sommer noch so schön geprangt, — Johann pflückte
keine mehr für sie. Das verwöhnte Kind des rei=
chen Mannes, das schöne Mädchen, dem von Alt
und Jung gehuldigt wurde, fühlte sich recht arm,
recht unglücklich, daß in Elsens kleinem Garten
keine einzige Blume mehr für sie aufblühte.

Fast weinend vor Mißmuth und Schmerz trat
sie zurück und wollte sich wieder aus der Kammer
entfernen, da vernahm sie Tritte und Stimmen un=

ten. Behutsam nahte sie sich dem Fenster wieder
und spähte und horchte hinab. Es war Frielo und
Johann, welche in eifrigem Gespräche aus dem Hause
gekommen und nun in den schmalen Wegen des
Gartens umhergingen.

„Ich werde nicht mitreiten," hörte sie Johann
sagen. „Ich mag es nicht, Frielo, mag nicht dabei
sein, wo es sicher wieder Streit mit den Zunftge=
nossen giebt. Dieser ewige Hader zwischen Bürgern
einer Stadt empört mich. Ich will das Feuer des
Hasses nicht schüren helfen."

„Möchtest viel lieber selbst ein Zunftgenosse wer=
den?" fiel Frielo höhnisch ein. „Man weiß ja, daß
deine Neigungen dich von jeher zu ihnen hinab=
zogen."

„Ich freute mich schon als Knabe ihrer Arbeiten
und erfreue mich noch daran," erwiderte Johann
mit edler Wärme. „Ist es denn Schande, Nützliches
zu schaffen? Geht denn nicht Großes und Schönes
aus ihren Werkstätten hervor? Man sollte ihren
Fleiß hoch in Ehren halten, statt ihn zu verspotten.
Er hat sie reich und mächtig gemacht und ist mehr
Gewinn für die Welt, als die ewigen Fehden der

Großen, die raubsüchtigen Gelüste der Ritter, ihre rohen Freuden und Grausamkeiten."

„Ich sehe es kommen, daß du selbst noch ein Handwerker wirst," lachte Frielo auf. „Pfui, schäme dich, Johann. Solch niedere Gesinnungen beschimpfen einen Sohn unseres Hauses."

„Haben deine ritterlichen dir Ehre und Glück gebracht?" fragte Johann mit Nachdruck. „Du selbst nicht zum Ritterstande gehörend, suchst dich ihm gleich zu stellen, und untergräbst dadurch dein häusliches Wohlergehen."

„Schweige, Knabe!" brauste der viel ältere Bruder auf. „Wie kannst du es wagen, mich zu tadeln? Ich handle im Sinne unserer Vorfahren und halte den Namen unseres Stammes hoch. Drum schließe ich mich den vornehmen Geschlechtern an, die den Hof des Erzbischofs umgeben, und deren Burgen längs des Rheines sich erheben. Du dagegen sympathisirst mit den Zunftgenossen, den Plebejern — aber ich sage dir, Johann, ich dulde deine geheimen Beschäftigungen nicht mehr, von denen ich wohl unterrichtet bin, — eher verlässest du Haus und Heimath."

Nach diesen heftig hervorgestoßenen Worten verließ er den Garten und kehrte in das Haus zurück. Johann sah ihm kopfschüttelnd nach, setzte sich dann auf eine Bank an der Mauer, brach ein Reiß und schrieb Zeichen damit in den Sand.

Margarethens Herz klopfte schneller, — sie legte sich weiter über die Brüstung des Fensters hinaus und sang ein Lied zu ihm hinab, ein Lied, das sie oft in ihren Kinderjahren ihm gesungen.

Er schaute auf und rief ihr freundlich „guten Abend" zu. Sie begann ein Gespräch mit ihm, — aber so voll ihr Herz auch war, und so voll wichtiger Dinge — sie mußte nur die allergewöhnlichsten Fragen an ihn zu richten. Er antwortete kurz, doch freundlich — und als er neben seinem Sitze eine Blume entdeckte, die, von der Mauer geschützt, dem Nachtfrost entgangen war, brach er sie ab und fragte, ob sie die Blume haben wolle? Sie zauderte einige Augenblicke mit der Antwort, dann aber sagte sie bedeutungsvoll:

„Wenn Ihr mir sie von Herzen, — von Herzen gerne geben wollt, — Junkherr, — ja, ja, dann will ich sie."

„Wem gäbe ich sie lieber als Euch, Margarethe?

Freutet Ihr Euch doch schon als Kind der Blumen, die ich Euch brachte. Da, nehmt diese späte Blüthe."

Er schwang sich auf die Mauer, befestigte die Blume an das Reis, mit dem er vorhin Buchstaben in den Sand gezogen und reichte sie hinauf an Margarethens Fenster. Sie beugte sich herab, griff mit der einen Hand darnach, mit der andern nach einer Schleife an ihrer Brust, löste die Blume von dem Reise, befestigte das blaue Band an ihrer Stelle und sagte leise und innig:

„So, da nehmt die Schleife dagegen, Junkherr. Möchte der Tausch eine gute Vorbedeutung des Friedens sein zwischen den Euren und den Unfern! Euer Wille ist dies gewiß ebenso, wie der meine?"

„Gewiß, Margarethe, ganz gewiß," bestätigte er eifrig. „Dächten Alle wie wir, wäre kein Streit mehr in der Stadt."

„Laßt uns versöhnen und ausgleichen helfen!" fuhr sie mit großer Wärme fort. „Reitet morgen mit, Junkherr, und suchet zu vermeiden, daß es keine feindseligen Neckereien giebt."

„Die werden nicht ausbleiben, Margarethe. Unser guter Wille vermag daran wohl nichts zu ändern, doch will ich thun, was Ihr begehrt. Ein

gutes Wort zu rechter Zeit hat schon zuweilen et=
was genützt."

„Ich danke Euch, Junkherr — danke Euch recht
von Herzen — und nun, gute Nacht, lieber Freund
— gute Nacht — und vergeßt die schönen Kinder=
tage nicht."

Sie trat schnell von dem Fenster zurück. Sie
fürchtete, sich zu verrathen, und das wollte sie nicht.
Das liebe Geschenk aber drückte sie an ihre Lippen,
an ihr Herz und an ihre Augen voll heißer Liebes=
thränen. Er kehrte langsam nach seinem Hause zu=
rück, sagte Frielo, daß er sich morgen dem Zuge an=
schließen werde und ging dann in sein Zimmer. Dort
fand er ein Buch, das sein alter Lehrer für ihn hin=
gelegt hatte. Er griff begierig darnach und vertiefte
sich so in seinen Inhalt, daß er sein Versprechen
und Margarethens Schleife ganz darüber vergaß und
sich erst wieder daran erinnerte, als er zum Abend=
essen abgerufen wurde, und das Band, welches er
mechanisch in der Hand gehalten, als Zeichen in
das Buch legte.

Ein nebeliger Herbsttag folgte diesem Abend. Die
adeligen Reiter saßen stolz auf ihren leichtfüßigen Ros=
sen und kamen vor den Zunftgenossen auf dem großen

Marktplatze, dem Versammlungsorte, an. Es lag
etwas Herausforderndes, Uebermüthiges auf den meisten Gesichtern der Alten, besonders der jüngeren
Alten, an deren Spitze sich Frielo befand. Johann
sah mit ernstem Blicke drein, und mehr noch als
gestern befürchtete er einen unfreundlichen Ausgang
des gemeinschaftlichen Rittes. Langsam und nicht
in der besten Ordnung kamen die Zunftgenossen daher; — die alten Meister fühlten sich unbehaglich
auf den schwerfälligen Pferden, die mehr an Arbeit
als leichten Tritt gewöhnt, sie nicht allzu sanft trugen.

Jede der Partheien hatte ihren Bürgermeister in
der Mitte, der als Sprecher den Erzbischof zu be-
willkommnen hatte. Wer aber von beiden der erste
sein sollte, dies Amt auszuüben, war eine unent-
schiedene Sache geblieben. Sie war so delikater Art,
daß man sie nicht zu berühren wagte und es eben
dem Schicksal, Zufall oder Glück anheim gab, sie
zu entscheiden. Die mächtigen Zünfte glaubten das
Recht des Vortritts eben so auf ihrer Seite als die
stolzen Patrizier es für sich beanspruchten. Schon
auf dem Versammlungsplatze war eine strenge Ab-
sonderung der beiden Theile bemerklich, welche sich

zum Vortheil der Patrizier entschied, die in geschlof=
fener Gruppe leicht und keck auf den reichgeschirrten
Pferden faßen.

Als von dem hohen Dome die bezeichnete Stunde
schlug, fetzte sich der ganze Zug in Bewegung, —
doch wie von felbst verständlich, schwangen sich die
Patrizier an die Spitze deffelben und kaum hatten
sie das Thor passirt, als sie ihre Pferde in Galopp
fetzten und die Zunftgenossen weit hinter sich zurück=
ließen.

Vergebens war Jakob's Bemühen, den Zug der
schwerfälligen Reiter in rascheren Gang zu bringen,
— die störrischen Pferde wollten mit ihren wenig
geübten Lenkern nicht vorwärts kommen. Der Erz=
bischof war längst von den Patriziern bewillkommt
und umringt, als die Zunftgenossen bei ihm anlang=
ten, und es wurde ihrem Bürgermeister nicht mög=
lich, in die unmittelbare Nähe des hohen Herrn zu
kommen und feine Bewillkommnungsrede zu halten.
Der geistliche Fürst in voller Ritterrüstung war wie
von einer unburchbringlichen Mauer umschlossen, theils
von feinem glänzenden Gefolge, theils von dem Adel
feiner Residenzstadt, welcher mit schlecht verhehlter
Schadenfreude die lächerliche Rolle der berittenen

Zunftgenossen, die verspätet und athemlos ankamen,
möglichst zu erhöhen und vor den Augen der hohen
Gäste bloszustellen suchte.

Triumphirend trabten sie mit dem Erzbischof
der Stadt zu, voll Hohn auf die nachkommenden
Zunftgenossen blickend. Sie freuten sich unverhohlen,
die hochmüthigen Gewerbtreibenden gedemüthigt zu
haben, welche ihre Stimmen in allen Angelegenheiten der gemeinsamen Vaterstadt über die ihren zu
erheben wußten. Allein dieser kleinliche Triumph
des höheren Standes über den geringeren erweckte
in letzterem nur das Gefühl der Rache, und kaum
wurde es den etwas Ueberlegenden möglich, während
den Ceremonien und kirchlichen Feierlichkeiten die
Ruhe in der Stadt zu erhalten. Johann, der vergeblich seinem Bruder vorgestellt hatte, wie gefährlich dieser unzeitige Spaß mit den Zunftgenossen werden könne, war an der Seite seines Vaters mit dem
Zuge fortgerissen worden, dessen übermüthige Haltung seiner innersten Natur entgegen war.

Dem Erzbischof entging die üble Stimmung nicht,
die sich immer lauter in der Stadt bemerklich machte,
und da er bei einem feindlichen Zusammenstoße der
Zunftgenossen und Patrizier sich weder für die eine

noch die andere Parthei entscheiden wollte, verließ
er noch am Abend die Stadt, nachdem er zu Ruhe
und Frieden mit salbungsvollen Worten ermahnt.
Doch kaum hatte er das Thor passirt, als das dumpfe
Gelärme in ein lautes, unheildrohendes überging.

Die Zunftmeister und ihre ersten Gesellen, meistens Söhne reicher Familien, schaarten sich zusammen und hielten Rath, während der niedere Pöbel
in wildem Getöse durch die engen Gassen sich drängte
und die Häuser der Patrizier umlagerte. Diese ver-
suchten erst, dem drohenden Sturme sich zu widersetzen, doch fanden sie es bald gerathener, ihre
Häuser fest zu verwahren und hinter Thüren und
Schlössern den kommenden Tag abzuwarten. Einige
suchten durch heimliche Entfernung der heraufbe-
schwornen Gefahr zu entrinnen. So auch Frielo,
der mit Hilfe Martin's in einem Kloster sich barg
und von da aus noch in der Nacht glücklich über
den Rhein nach Eltwill entkam.

In Helferich's Werkstätte fanden sich die Meister
der Goldschmiedszunft zusammen, um der Ueberlegung
etwas Raum zu geben, denn die Rache, welche auch
die Besonnensten an den Alten zu nehmen gedach-
ten, drohte doch in einem gar zu ernsten, wilden

Sturm auszuarten. Jakob trug dazu nicht wenig
bei. Man sah ihn in den dichtesten Volkshaufen,
Haß und Rache gegen die hochmüthigen Hausgenossen
schürend. Jetzt trat er mit den alten Meistern in
Helferich's Werkstätte, nach dem Herrn derselben und
Margarethe spähend. Doch Beide waren nicht zu-
gegen. Es wurde ungeduldig nach Helferich verlangt,
dessen Rath und gewichtiges Ansehen in der Stadt
man bedurfte.

„Rufe den Meister, Jakob," drängte man den
Gesellen, und er sprang rasch die enge Treppe hinan,
trat in die Vorderstube, wo er Helferich fand —
bleich, verstört, in einem Sessel sitzend, zu seinen
Füßen Margarethe, das verweinte Auge, die ge-
falteten Hände bittend zu ihm erhoben.

„Meister, Eure Genossen verlangen dringend
nach Euch zu Rath und That. Was zögert Ihr
und sitzet hier ruhig im Stuhle?" ermahnte Jakob.

Der alte Meister erhob sich rasch und eilte von
seinem knienden Kinde der Thüre zu — doch auch
Margarethe sprang auf, und rief ihm beschwörend,
fast drohend nach:

„Vater, vergeßt nicht, was Ihr mir versprochen."
Sie erhielt jedoch keine Antwort. Helferich ent-

fernte sich schnell mit dem Gesellen, und sie ging,
von unsäglicher Angst getrieben in die kleine Kam=
mer und starrte nach dem Hof zum Gutenberg hin=
über.

„Die Vorfälle des heutigen Tages haben mich
etwas um meine Fassung gebracht,“ sagte Helferich
bei seinem Eintritt in die Werkstätte. „Sie haben
mir gar manchen schweren Gedanken aufgedrungen
und ich mußte ernster als je einmal darüber nach=
denken, was aus all dem Haber werden solle. Diese
ewigen Streitigkeiten untergraben die Wohlfahrt der
Stadt. Laßt uns darum versuchen, auf dem Wege
der Uebereinkunft die Alten zu zwingen, ihrem Pa=
trizierstolze zu entsagen. Laßt uns das allgemeine
Wohl über die Leidenschaften setzen! Wir wollen
einerseits nachgeben: sie sollen wie früher gleiche
Stimmberechtigung in allen Angelegenheiten haben,
dagegen aber ihrem Standeshochmuth entsagen. Je=
der Hausgenosse sei fürder angehalten, zu thun,
was schon unsere Väter verlangten, sich in eine
Zunft einschreiben zu lassen, dann sollen auch die
Patrizier ihre Töchter mit unsern Söhnen verhei=
rathen und den ihren gestatten ein Handwerk zu er=
lernen und zu betreiben, sobald sie es wollen. Ja=

milienbande knüpfen uns fürder an einander, auf
daß jede Spaltung aufhöre, ein Interesse Alle leite,
und so die Macht und das Ansehen unsrer Stadt
bei Kaiser und Reich, wie ihre eigne Wohlfahrt
erhalten bleibe. Wer sich von den Alten dagegen
sträubt, werde angehalten, Mainz zu verlassen."

„Besser wäre es, ohne solche Umstände hinaus
mit ihnen Allen!" fiel Jakob ein, der mit finsterem
Gesichte Helferich's Vorschlag angehört hatte."

„Schweige. Du bist zum Rathe noch viel zu
jung," befahl der alte Meister.

„Und Ihr seid schon so alt, und könnt noch
glauben, daß die Patrizier in Euern weisen Vor=
schlag willigen werden — und selbst, wenn sie es
thäten, ihr Versprechen halten würden?"

„Schweige, sage ich dir noch einmal," brauste
Helferich heftig auf und schlug hart auf den Tisch.
„Schweige, Jakob. Ich habe gelobt, den Weg der
Güte zu versuchen."

„Ihr gelobt — Margarethen —" murmelte
der Geselle zähneknirschend und entfernte sich rasch.

Während in Meister Helferich's Werkstätte nun
hin und her berathen und überlegt wurde, was
und wie es geschehen solle, stürzte sich Jakob wieder

in die dichtesten Volkshaufen und trieb sie zu schneller That an.

Ehe noch Helferich und seine Freunde zu festen
Beschlüssen gekommen waren, um diese dem Rathe
der Stadt, der sich inzwischen versammelt hatte,
vorzulegen, erschallte der tausendstimmige Ruf:
Stürmt die Häuser der Alten. Diesem Rufe folgte
alsbald die That. Thüren und Läden der angesehensten Patrizierhäuser wurden erbrochen, Mauern
niedergerissen und sie selbst in den eignen Häusern
gefangen gehalten. Auch dem Hof zum Gutenberg
erging es nicht besser; — Johann, wie seine Eltern,
wurden strenge darin bewacht und von den erboßten
Wächtern verhöhnt und verspottet.

Es war eine wüste, lärmende Nacht — ewig
lange Stunden für die Bedrohten. Mit Mühe nur
gelang es den besonneneren Bürgern, die Aufregung
so weit zu dämpfen, daß es nicht zu noch schlimmern
Thätlichkeiten kam, wie auch den Handhabern des
Gesetzes so weit Geltung zu verschaffen, ihren Willen durchzusetzen, nämlich: die Familienhäupter der
Alten auf dem Rathhause zu versammeln und erst
mit ihnen zu rechten, ehe sie die Stadt verlassen
sollten. Als der Morgen anbrach, sahen Alle die-

ser Verhandlung mit der größten Spannung entgegen und das Volk drängte sich lärmend in die das
Rathhaus umgebenden Straßen.

Kurz vor der bestimmten Stunde trat Meister
Helferich in den Hof zum Gutenberg. Sein Schritt
war langsam, fast schleppend, — man sah ihm an,
daß er nur widerstrebend diesen Gang that. Doch
mit kräftigem Drucke öffnete er die Thüre, die in das
Gemach der Gefangenen führte und seine Stimme
klang fest, als er zu dem alten Gensfleisch sprach:

„Wir sind Nachbarsleute seit langen Jahren und
haben stets Frieden mit einander gehalten. Euer
Sohn hat oft in meiner Werkstätte gestanden und
mit Freude der Arbeit meiner Hände zugeschaut;
auch meine Tochter, mein einziges Kind kam oftmals
in Euer Haus hinüber und Eure Ehefrau hat das
hübsche, muntere Ding gerne gesehen.‹ Friedfertiges
Zusammenleben ist ein Segen unter Nachbarsleu=
ten — Friede unter den Bürgern einer Stadt, denke
ich, müßte ein noch viel größerer sein. Drum,
Herr Nachbar Gensfleisch, laßt uns gemeinschaftlich
dahin wirken, daß dieser Segen über unsere Stadt
komme, — laßt uns gemeinschaftliche Sache mit=
einander machen, und die bösen Geister beschwören,

die so lange schon durch unsere Gassen gewandelt. Seid Ihr vornehmeren Standes, sind wir dafür die Mächtigeren in der Stadt und was aus unseren Werkstätten hervorgeht, kann sich messen mit Euren ritterlichen Künsten. Laßt uns das Eine mit dem Andern ausgleichen und verschmelzen, damit die Größe und Macht unserer gemeinsamen Vaterstadt die schweren allseitigen Zerwürfnisse der jetzigen Zeit überdauere."

„Was wollt Ihr denn eigentlich, daß geschehen soll?" fragte der Patrizier finster. „Wo die Feindschaft so weit gediehen, was ist da noch viel gut zu machen?"

„Gebt zu, was unsere Väter schon von den Euren verlangt. Erfüllt es jetzt. Jeder Bürger nenne sich Zunftgenosse und verwandtschaftliche Bande knüpfen fürder die Unsern und die Euren zusammen."

„Nimmermehr!" widersprach der Patrizier und richtete sich stolz empor. „Was unsere Ahnen nicht bewilligt, bleibe auch fern von ihren Enkeln. Die Macht habt Ihr anmaßenden Zünfte uns geraubt, unsere adeligen Rechte uns geschmälert, jetzt möchtet Ihr Eure niederen Häuser noch schmücken mit dem Glanze unserer Namen, — aber ich sage

Euch, Meister Helferich, ehe dies geschieht, kehren wir lieber der Vaterstadt für immer den Rücken. So denke ich, so denken wir Alle. Rechnet eher auf des Himmels Einsturz, als auf Nachgiebigkeit von unserer Seite. Der Gewalt müssen wir weichen, doch unseren Stolz, unsere Ehre, unseren unbefleckten adeligen Namen, den raubt Ihr uns nimmer."

„Es ließe sich vielleicht ein Mittelweg finden," schaltete Else sanft ermahnend ein.

„Vater, haltet nicht zu starr am Alten," bat Johann. „Bedenkt das Wohl der lieben Heimathstadt."

Des Patriziers Auge flammte bei den Worten seines Sohnes zornig auf und mit einer Entschiedenheit, die keinen Widerspruch mehr duldete, sagte er:

„Nun und nimmer sollen diese frechen Zünfte über die Vorrechte unseres Standes triumphiren und nicht mehr über uns selbst, als ihre rohe Gewalt vermag."

„So kommt zum Rathhaus," befahl ingrimmig Meister Helferich und ohne Gruß schritt er, wie der Herr, stolz dem Patrizier voran, der in fester Haltung und mit verächtlichem Blicke ihm folgte.

Kaum hatten die Beiden das Gemach verlassen, als durch eine Seitenthüre Margarethe eintrat. Ihr Angesicht war auffallend bleich und ihre Augen vom Weinen geröthet. Wankend schritt sie auf Else zu, ergriff ihre Hand, küßte sie und sagte bewegt:

„Ihr habt ein mildes, versöhnendes Wort gesprochen, edle Frau. Gott lohn' es Euch — und auch Ihr, Junkherr Henne, seid zum Frieden geneigt," wandte sie sich an diesen und ihre blasse Wange erglühte. „Dächten Alle wie wir, kehrten Ruhe und Frieden bald in die Stadt zurück. Laßt uns drum mit gutem Beispiel vorangehen. Alle Diejenigen, welche gesinnt sind wie Ihr, werden uns folgen, die Andern mögen in ihrem starren Sinne die Heimath mit der Fremde vertauschen. Ihr bleibt hier, Junkherr Johann, nicht wahr? Ihr seid der beste, der edelste von Allen — Euer Beispiel wird sicher viele Nachahmung finden. — Laßt Euch in die Goldschmiedszunft einschreiben — ja werdet ein Goldschmied. Gefiel Euch doch sonst die Werkstätte meines Vaters so wohl! Glück und Friede wird dann mit Euch sein, und durch Euch, durch Euer edles Beispiel vielleicht auch mit der Stadt. Setzt dies über den Stolz und das Vorurtheil — werdet

ein Zunftgenosse, Junkherr! Wollet weiter nichts sein,
als ein Bürger unserer freien und mächtigen Stadt,
— das führt ja zu hinreichendem Ansehen und Glück."

„Ihr meint es edel und gut, Margarethe," er=
widerte Johann warm und faßte beide Hände des
Mädchens und drückte sie innig, dann fuhr er, seine
Augen erhebend und über sie hinwegsehend, fort:
„Auch mag wohl einmal eine Zeit kommen, wo all
das Widerstrebende sich milde löst. Solche Zukunft
schwebt meinem Geiste oft vor, aber leider in —
weiter, allzuweiter Ferne. Diese besseren Zeiten wer=
den über unsern Gräbern stehen, Margarethe. Was
dafür jetzt geschieht, ist nur ein Atom zu ihrem Baue,
den allein ein gewaltiger Geist mit mächtigem Wollen
rascher vorwärts bringen könnte. Was vermögen
unsere schwachen Kräfte in diesen Wirren, die nicht
nur unsere Stadt, sondern die ganze Welt durchbe=
ben! Können wir doch nicht einmal den kleinlichen
Haber zwischen diesen Mauern bannen! Ihr nicht,
Margarethe, — und ich auch nicht. Was würden
unsere Worte, selbst unsere Thaten dabei frommen?
Die tiefe Kluft, welche die Bürger unserer Vater=
stadt schon so lange scheidet — wie vermöchten wir,
sie auszufüllen?"

„Bin ich denn immer noch die Muthigere," rief
das Mädchen und ihr Auge blitzte feurig auf. „Ist
denn meine Seele stärker, als die Eure, Johann? —
Als es sich gestern Abend darum handelte, Euch un=
gesäumt in dunkler Nacht aus der Stadt zu verja=
gen, wie einst unsere Väter mit den Euren gethan,
da trat ich vor Meister Helferich und flehte um
Frieden; entdeckte dem Vater, was seines einzigen
Kindes Herz bewege, und schwor, ihn zu verlassen
und Euch zu folgen, wenn man Euch mißhandle.
Es war eine harte Stunde — aber sie verhieß Frie=
den der Stadt, — und Friede und Glück meinem
Leben, — auch dem Euren, Johann, meinem Ge=
spielen, meinem Freunde. Die Blume, welche Ihr
mir gestern Abend reichtet, gab mir die Kraft, zu
ringen darnach, und Ihr wollt jetzt bangen und
zagen? Nein, nein!" fuhr sie in leidenschaftlicher
Erregung fort. „Laß uns muthig mit gutem Bei=
spiele den Andern vorangehen, Johann. — Viele
werden uns nachfolgen und es wird künftig nur
einen Stand in dem goldenen Mainz geben: der
ehrsame Bürgerstand. Mein Vater ist durch meine
Bitten und Vorstellungen zu richtiger Einsicht ge=
kommen; auch seine Freunde stimmen bei. — Be=

harrt nun dein Vater bei seinem feindlichen Sinne,
so sühne du seine Schuld, bleibe in der Heimath,
bleibe bei uns. Deine gute Mutter wird ein Band
segnen, das nicht nur unsere Herzen schon so lange
umschlingt, das auch Tausenden eine Bürgschaft künf=
tigen Friedens werden wird. Hier, nimm auch die
Hand, Johann — mein Herz war ja dein seit es
empfindet."

Margarethe, welche von ihrem Gefühle und dem
Ernste der Sache sich fortreißen ließ, glaubte seit
dem Geschenke der Blume fest an Johann's Liebe —
doch wie sie geendet, und ihre heiße, zitternde Hand
seine kalte berührte, brach ihr Muth — und be=
klommen umfaßte sie Elsens Knie und verbarg ihr
Gesicht an ihrem Schooße.

Johann erkannte überrascht, erschrocken die Ge=
fühle seiner Jugendgespielin und stand fassungslos
neben ihr; er vermochte nichts zu erwidern.

Eine bange, peinliche Stille trat ein, die Else
mit den staunenden Worten: „Wie, Ihr liebt Euch?"
unterbrach.

Margarethe sah flehend zu ihr auf, dann tief
erröthend auf Johann, der zitternd und verlegen
in seiner unerfahrnen Jugend sich in dieser Lage

nicht zu rathen wußte und doch empfand, daß er Margarethe Wahrheit schuldig sei, — daß sie eine Täuschung umfange, die er zerstören müsse. Es that ihm in der tiefsten Seele weh, die liebe Gespielin seiner Kindheit zu kränken und vergebens suchte er nach milden Worten für das Herbe, das er ihr zu verkünden hatte.

Da öffnete sich die Thüre und Jakob Fust trat schnell herein. Ein Blick genügte ihm, zu erkennen, um was es sich hier handle.

„Steh auf, Margarethe!" rief er in herrischem Tone. „Was knieest du vor dem Hochmuth, der sich durch eine Vereinigung mit uns für beschimpft hält. Lieber verlassen die Alten ihre Vaterstadt, als daß sie uns die Hand zum Freundschaftsbunde reichen. O der Schande, daß wir sie angeboten! Und du, du liegst gar auf den Knieen und bettelst darum? Welch böser Geist ist in dich gefahren — in dich — Meister Helferich's Tochter? Wo ist dein stolzer Sinn hingekommen, Mädchen? Auf, erhebe dich! Zeige ihnen die Verachtung, welche uns Alle gegen sie erfüllt!"

Margarethe erhob sich langsam und warf einen forschenden Blick auf Johann.

„Sprich!" mahnte sie bebend. „Du mußt jetzt sprechen, Johann. Hast du Muth, Allem zu trotzen? Liebst du mich, wie ich geglaubt, als ich mein Herz dir offen enthüllte — wie ich es noch jetzt glauben will, so reiche mir die Hand und komme mit in meines Vaters Haus. Keine Gewalt soll meinen Sinn dann beugen — nicht Spott und Hohn, noch bö= ser Wille uns trennen — das schwöre ich dir vor Gott und — —"

„Halt ein, Margarethe!" unterbrach sie Johann. „Schon ist zu viel gesagt. Wie schmerzlich ist es mir, dein Herz zu beleidigen, und doch muß die Wahrheit offenbar werden. Du täuschtest dich, Mar= garethe. Ich liebe dich wie eine Schwester, eine Freundin — glühendere Gefühle sind mir fremd ge= blieben bis heute und werden es wohl für immer bleiben. Ganz andere Dinge beschäftigen meine Seele als Minneglück und häusliche Freuden, sie liegen meinem Verlangen ferne. Beglücke einen an= dern Mann, der es zu schätzen weiß, mit deiner Liebe, deiner Hand und denke mein als eines Freundes."

Margarethens Brust kämpfte unter erstickenden Athemzügen, — ihr Herz drohte stille zu stehen; wankend hielt sie sich einen Moment an Else, die

8*

voll Sorge und Mitleid sie ansah — dann aber
stieß sie Johann's Mutter heftig von sich, und wie
von einem bösen Geiste erfaßt, sprudelte es in wilder Leidenschaft von ihren Lippen:

„Fort mit Euch Allen! Ihr seid falsch, gleisne-
risch und barbarisch zugleich! Und du, Johann, dem
ich vertraute wie einem höheren Wesen, bist schlim-
mer als sie Alle; — du gabst mir ein Liebeszeichen,
nur um an meiner Schmach dich zu weiden, den
Hochmuth deines Standes in seiner ganzen Wucht
mich empfinden zu lassen. Aber die Zunftgenossen
werden sich rächen an Euch, ihr hochmüthigen Narren, die ihr wähnt, mehr zu sein, als sie — und
ich — ich — schwöre: dich zu hassen und zu verfolgen, so lange ich lebe! Käme je wieder eine Zeit
die Euch zurückbrächte in die Mauern dieser Stadt,
wird doch Margarethe ihre Schmach nicht vergessen
haben. Meine Liebe war ein Werk des Satans,
der meinen Sinn umstrickte, — er soll mir nun
auch zur Rache verhelfen. Komm, Jakob!" fuhr sie,
unter Thränen des Zorns und der Verzweiflung
fort, „komm hinweg von hier, und bin ich dir nicht
zu schlecht nach solcher Schmach, werde ich dein Weib,
sobald diese giftigen Unken jenseits des Rheines sind."

Sie stürzte hinaus. Der Geselle folgte ihr mit
ziemlich ruhiger Miene nach.

„Arme Margarethe!" sprach Johann tief ergrif-
fen. „Wie bedaure ich dich — aber, bei Gott, ich
trage keine Schuld an deinem Leid."

Noch an demselben Tage verließen die reichsten
und angesehendsten Patrizierfamilien die Stadt. Sie
zogen es vor, sich lieber in andern Städten nieder-
zulassen oder auf ihren Gütern zu leben, als die
Bedingungen zu erfüllen, welche ihnen die Zunftgenossen stellten. Hohn und Spott begleiteten sie,
doch vergriffen sich ihre Verfolger weder an ihren
Personen noch an ihrem Eigenthum. Sie konnten
von ihren Habseligkeiten so viel mitnehmen, als sie
wollten, und was in ihren Häusern zurückblieb, ward
darin verschlossen, ein unantastbares Gut für Je-
bermann.

Friedrich Genßfleisch zog mit Weib und Sohn
nach Eltwill und ließ sich dort auf seinem Familiensitze, wo auch Frielo wohnte, nieder. Pater Martin folgte seinem Zöglinge dahin nach und wollte
auch Hennel, den Alten, bestimmen, das Land mit
der Stadt zu vertauschen. Doch dieser fand es
räthlicher, im Hofe zum Landeck zu verbleiben. Er

wußte einen klugen Mittelweg einzuschlagen und blieb unangefochten in dem großen Hause.

Kurz nach diesem Streite vermählte sich Helferich's schöne Tochter mit Jakob Fust. Das blühende junge Mädchen war eine stille, bleiche Braut. Sie trat jedoch mit festem Schritte an den Altar und sprach das bindende „Ja" laut und deutlich aus. Bald zeigte sie sich als eine strenge, etwas herbe Hausfrau, allein dessenungeachtet wußte sich ihr Mann seine Herrscherrechte ihr gegenüber zu wahren.

Als nach einigen Jahren der alte Meister Helferich zur ewigen Ruhe einging, ersetzte sein Schwiegersohn ihn vollkommen, sowohl in der Werkstätte als auch im Rathe der Stadt und schwang sich von da an schnell zu großem Ansehen empor. Die Fust'sche Familie galt überhaupt für eine der angesehensten und mächtigsten und wußte in allen städtischen Angelegenheiten ihrer Stimme Achtung zu verschaffen.

Jakob's ehrgeiziger Sinn strebte immer höher hinauf, und da die Zünfte jetzt uneingeschränkt herrschten, hielt er es nicht für allzu schwer, sich einst als erster Bürgermeister an die Spitze der Herrschaft zu schwingen. Margarethe, deren Herz in der Liebe das gewünschte Glück nicht gefunden,

unterstützte ihren Mann in seinem ehrgeizigen Stre=
ben: ihr Trachten ging dahin, in äußerer Ehre, An=
sehen und Reichthum Entschädigung für das getäuschte
Liebesverlangen zu finden. Sie erwarb sich dabei
den Ruf einer eben so stolzen und herrischen als
schönen Frau.

5.

Der Frühling bekleitete die Höhenzüge des Taunus mit grünem Blätterschmucke und in der Ebene
zog er einen Blüthenkranz um Dörfer und Burgen.
Unter seinem anmuthigen Walten verbargen die grauen
Ringmauern und Thürme ihre herbe Bedeutung: noth-
gedrungene Schutzwehr gegen rohe Gewalt. Unzäh-
liche Vögel sangen um sie her der Sonne entgegen,
die eben dunkelglühend hinter weißen umdufteten
Bergen emporstieg. Ein leises Erzittern ging durch
die ganze Natur, als sich der belebende Strom ihres
golbenen Lichtes über sie ergoß. Es säuselte in hei-
licher Freude durch die blüthenreichen Zweige, die
grünen Halme streckten sich höher und die Thränen,
welche die scheidende Nacht auf die Blüthen und
Blätter niedergelegt, perlten in heiterem Glanze
vom Lichte geküßt und träufelten, die Erde erfri-

schend, auf sie nieder. Das Rheingebirge prangte im Lichte des herrlichsten Tages und an seinem Fuße lagen weithin ausgebreitet Dörfer und Gehöfte, reiche Felder, Obst= und Weinpflanzungen.

Im Vordergrunde, dicht an dem Rheine, erhob sich die Stadt Eltwill mit der erzbischöflichen Burg und vielen burgähnlichen Schlössern und stattlichen Häusern. Auch diese freundliche Stadt war ummauert und befestigt, wie mehr oder minder selbst die kleinsten Ortschaften dieses von der Natur so reich gesegneten Landstriches. Die Zeiten des Faustrechtes waren noch keineswegs ganz überwunden, noch nicht alle Raubburgen gefürchteter Ritter gebrochen und der Haber der Großen, Streit um weltliche und kirchliche Macht nirgends beseitigt. Das Volk, dessen besseres Dasein nur im Frieden einigermaßen gedieh, suchte seine Wohnungen, so viel als es ging, vor Zerstörung zu wahren, zog Gräben und Mauern um sie her und half die Sitze des inwohnenden Adels befestigen. Ebenso schuf die sorgende, fleißige Hand des Rheingauers da, wo die Natur sein schönes Ländchen nicht durch hohes Gebirge, dichte Waldungen und den breiten Strom schützte, ein eigenthümliches Bollwerk gegen das

Eindringen roher Gewalt. Es war ein tiefer Graben, der die offenen Seiten des Rheingaues umzog,
mit Bäumen und wildem Gesträpp bepflanzt, das
dicht · in einandergeflochten eine schwer durchdring-
liche Wand bildete. Ihre Durchgänge beschützten ge-
mauertes Werk, mit Thürmen gespickt, gleichsam befestigte Pässe, die man, um von den offenen Seiten
aus in's Rheingau zu kommen, oder es zu verlassen, passiren mußte. Diese Schutzmauer, welche
man das Gebück nannte, nahm etwa eine Stunde
oberhalb Eltwill ihren Anfang und hatte dort ihre
Hauptschanze, ein mit sechzehn Thürmen besetztes,
viereckiges Mauerwerk, Backofen genannt, und zog
sich vom Rheine ab, dem Laufe eines Baches fol-
gend um Dörfer her, bis es in die Naturbefestigungen
der Berge und Wälder überging und im untern Rhein-
gaue seine Fortsetzung fand.

An dem schönen Frühlingsmorgen jedoch, an dem
wir eine Strecke des Rheingaues betreten wollen,
schien jeder Gedanke an der Menschen Zerwürfnisse,
welche solche Bollwerke nöthig machten, eine Sünde
und auch verbannt zu sein von des Himmels hell-
leuchtendem Blau, das über dem fruchtbaren Erdboden so friedlich sich wölbte. Die Menschen schrit-

ten wohlgemuth aus ihren ummauerten Wohnungen
und griffen rüstig zur Arbeit, welche Gottes Segen
so sichtlich belohnte. Eine rührende Heiterkeit lag
selbst in sorgenzefurchten Gesichtern, und nicht allein
der Sonne Pracht, der Vogelsang und Blüthenduft
rief sie hervor, es war vielmehr das üppige Empor-
sprossen der Halme, die vielversprechenden Neben-
knospen und der Gedanke an die schwerbeladenen Aeste
voll Obst, welche die rosig weiße Blüthenfülle versprach. Der Anblick der Schätze, welche die gütige
Altmutter mit so vollen Händen ihren Kindern spen-
dete, machte selbst auf Stunden den Neid des Armen verstummen, an dem auch dieser Reichthum der
Natur versagend vorüberging. Der frische Morgen
rief ermuthigend zu des Tages Arbeit, stärkte Herz
und Sinn und stählte die Kräfte, welche um kärg-
liches Brod sich abmühten.

Auf den Feldern, zwischen den rührigen Landleu-
ten, dem blanken Gespann der Kühe und Ochsen,
den weidenden Schafen und den trillernden Lerchen,
jubelten helle Kinderstimmen. Die Kleinen, die um
eines Käfers, eines Sonnenstrahls willen der niedern
Hütte und ihrer trüben Schatten vergaßen, denen
sie eben entlaufen, suchten der für sie bestimmten

Arbeit zu entkommen, dem nachsichtigen Auge der
Mutter zu entwischen, bis die strenge Mahnung des
Vaters zu dieser oder jener kleinen Hülfe sie rief.
— Mußten sie doch Vogelnestchen und Maikäfer
suchen, sich Pfeifen aus dem grünen Rohre schnei-
den oder die nackten Füße in den kräuselnden Wellchen baden, die tändelnd der mächtige Strom über
das sandige Ufer hin und her warf. Es war ein
schönes, friedliches Bild dieser Maimorgen voll Sonnenschein, Blüthenduft und Arbeitslust. Die mit
Mauern und Gräben umschlossenen Dörfer, die gethürmten Burgen, welche sich trotzig darüber erhoben, sie lagen in seiner frischen Pracht, wie die
graue Vergangenheit in heller Gegenwart, und das
Kreuz, das auf den Kirchen und denweißschimmern-
den Klöstern sich erhob, zeigte so freundlich leuch-
tend aufwärts zum klaren Lichte des Himmels, daß
selbst ein freudig hoffnungsreiches Ahnen dem trüb-
sten Gemüthe Trost zusprach.

Am Ufer des Rheines, auf einem erhöhten Punkte,
dessen Fuß die Wellen bespülten, stand ein Mann
in sonderbarer Kleidung. Sie wich von der damals
herrschenden Tracht wesentlich ab. Laune und Zufall schien sie aus bunten Lappen zusammengesetzt und

diese hinwiederum ihren Tribut Zeit und Wetter
entrichtet zu haben. Das kurz abgeschnittene blonde
Haar bedeckte eine dunkelfarbige Kappe, eine Art
Barett, mit mehreren Pfauenfedern geziert, und um
die Schultern des Mannes hing an einem abgeblaß-
ten Bande eine Fibel. Sein Alter war schwer zu
errathen: der Glanz seines blauen Auges, die helle
Farbe seines Gesichtes, wie die stramme und doch
geschmeidige Haltung seines Körpers ließen auf frische
Jugendjahre schließen, während einige Furchen in
der hohen Stirn und zwei scharf eingegrabene Linien,
die sich von den Mundwinkeln abwärts zogen, Er-
fahrungen eines längeren Lebens bekunden wollten.
Die auffallende Erscheinung dieses Mannes stimmte
nicht mit seiner Beschäftigung, die in Fischangeln
bestand. Auch schien ihm dies Geschäft bald ein un-
angenehmes zu werden, denn so oft er die Angel
leer aus dem Wasser hob, warf er sie mit allen
Zeichen der Ungeduld wieder hinein. Endlich hatte
er eine Anzahl kleiner Fische beisammen, die er in
ein buntes Tuch band. Ehe er jedoch seinen Fang
aufnahm, sah er eine Weile in den schönen Morgen
hinein und als müsse er erst seine Brust von irgend
einer Last befreien, zog er gierig, mit vollen Zügen

die frische, würzige Luft ein, — dann griff er nach
seinem Instrumente und entlockte den wenigen Saiten
desselben eine eigenthümlich verworrene Melodie. Die
Kinder, welche in der Nähe mit ihren Füßchen in
den glitzernden Wellen spielten, lockten diese Töne
herbei. Bald war der Spielmann von ihnen um=
ringt und sie lauschten strahlenden Auges und mit
halbgeöffneten Lippen seinen Weisen, die bei ihrem
Anblick immer fröhlicher wurden; dann sahen sie
einander verlangend an, Hände und Füße zuckten,
bewegten sich. Die Fidel spielte Tänze auf und der
Kinderkreis drehte sich fröhlich jauchzend um den
Musikanten.

Während die Kleinen ihre elastischen Glieder
lustig bewegten und dazu sangen und jubelten und
der Spielmann nicht müde wurde, ihre Freude zu
erhöhen, mahnten die Glocken der Kirchen nah und
fern zur Andacht. Auf den Feldern ruhte die Ar=
beit und alle Hände falteten sich und alle Lippen
murmelten das gebräuchliche Morgengebet, — nur
die Fidel rastete nicht und die Kinder tanzten fort,
nichts hörend als den Ruf zur Freude; trunken von
schuldloser Lust pochte ihr Herz, sah ihr Auge em=
por an das heitere Blau des Himmels.

„Freude ist auch Gebet, wenn sie unschuldig ist, wie diese," murmelte der Spielmann und seine lustigen Weisen ertönten noch lauter. „Ich will ihr Priester an diesem schönen Morgen sein. Tanzt, ihr Kleinen, immer zu — lebt der Lust vor des Tages Hitze, die schon euer junges Leben bedroht; — tanzt, Kinder, tanzt — freuet euch so lange es geht und lacht den Himmel an — s' ist besser als ein Paternoster."

Die Glocken verstummten, die Landleute griffen wieder zu Spaten und Hacken, doch die Fibel spielte noch auf und die Kinder wurden nicht müde zu tanzen. Da sprengte der Ruf zur Arbeit die muntere Schaar auseinander und bald mahnte auch sie die höher steigende Sonne, daß die frische Morgenfreude viel kürzer als des Tages Hitze sei.

Der Spielmann nahm das Tuch mit den Fischen auf, hing es über seine Achsel und schritt Eltwill zu. Einige hundert Schritte vor der Stadt bog er jedoch in einen Seitenweg ein, der in einen großen Obstgarten führte. Mitten darin, von hohen Bäumen überwölbt, stand eine kleine Hütte, aus Lehm gebaut. Sie lag in tiefem Schatten und sah selbst unter dem Blüthensegen unfreundlich aus. Als der

Spielmann dieser bescheidenen Behausung nahte, öffnete sich die niedere Thüre derselben und ein weibliches Wesen in ärmlicher Kleidung trat daraus hervor. Wie die Frau den Ankömmling erkannte, glitt ein Lächeln der Freude über ihr bleiches Gesicht. Sie reichte ihm die Hand zum Willkomm entgegen und sagte mit bewegter, doch matter Stimme:

„Du bist es, Kuno? Schon glaubte ich, Du seiest wieder fortgezogen, — und es wäre auch besser so, — Du kannst doch nicht Dein Leben an mich und diese kleine Hütte knüpfen; Dein kräftiger Sinn, Dein alleiniges Gut ginge bald dabei zu Grunde. Ueberlasse mich mir selber — ich habe ja hier einen Ruhepunkt seit Jahren schon gefunden, der meinem Leben genügt."

„Bist Obsthüterin geworden," ergänzte er bitter. „Und im Winter darfst Du spinnen in der Gesindestube des vornehmen Hauses — Du, Hemma, die einst —"

„Schweige von der Vergangenheit," fiel sie flehend ein. „Ein Sturm hat die schöne Zeit unseres Daseins für immer zerstört. Zu was ihrer noch gedenken? Auch ist hier mein Leben so schlimm nicht, wie Du glaubst, besonders seit vorigem Herbste

nicht, seit die aus der großen Stadt drüben am
Rheine hieher gekommen sind. Die Frau und der
Pater sind milde und gut und der junge Sohn
gleicht seinem stolzen Bruder nicht. Ich hatte bessere
Tage drinnen im Hause. Oft saß ich hinter dem
warmen Ofen der Frau Else und spann und hörte
zu, wenn der Junkherr Johann schöne Mährchen vor-
las, oder dem Fräulein Geschichten erzählte; und
als ich schwer krank darniederlag, reichten sie mir
Speise und Trank, und der Pater hing mir ein
wunderthätiges Amulet um; Frau Else schickte nach
der Kräuterfrau im Gebirge, mir einen Trank zu
bereiten, und das Fräulein ließ einen der Männer
zu mir, die böse Uebel besprechen. Ja wäre es
nicht besser darauf geworden, hätte wohl der Junkherr
gar einen Doktor angegangen, der armen Magd
sich zu erbarmen."

„Und jetzt weilst du wieder hier in der elenden
Hütte — allein — und immer noch leidend!" —
entgegnete Kuno düster.

„Der Frühling vor den Mauern würde mich
stärken, meinte Frau Else. Und ist es denn nicht
schön hier — auf dem grünen Rasen, unter den

Blüthen, in der reinen Luft? O, sie thut mir wohl,
Bruder, ich werde wieder genesen."

Kuno warf einen zweifelnden Blick auf die hagere
Gestalt, in die bleichen Züge Hemma's, dann faßte
er ihre beiden Hände und sagte eindringlich:

„Ziehe mit mir! Ich will dich schützen und
pflegen. Bin ich auch nur ein fahrender Spiel=
mann, ein vogelfreier Mensch, der keine Rechte
und keine Heimath hat — ein Auswurf der Gesell=
schaft, so lebt doch hier in meiner Brust eine Kraft,
die auch der gewaltige Sturm, der unser Leben ge=
brochen, nicht ganz vernichtet hat; — ihr vertraue,
Hemma, und folge mir! O, hättest du es gleich
gethan nach jener Nacht voll Graus! —"

Hemma erbebte — erzitterte und sprach kaum
hörbar:

„Ich vertraute seiner Liebe mehr, als der dei=
nen, drum bleib ich bei der Mutter Grab. Wochen,
Monde harrte ich sein, — er kehrte nicht wieder,
— das Kind der Schande war verlassen von Allen
— ganz allein. —"

„Ich dachte dein, arme Schwester, und kehrte
zurück, nachdem mein Schmerz mich Monden lang
wahnsinnig umhergetrieben. Ich suchte dich am

Grabe unserer Mutter auf — und fand die heilige
Stätte leer — nur Disteln und Dornen darauf. Du
warst verschwunden. Niemand wußte, wohin du ge=
wandert — da ging ich auf die Wanderschaft. Der ver=
achtete Sohn der Sünde wurde ein fahrender Spiel=
mann, ein vogelfreier Mensch. So trieb ich mich
im deutschen Reiche umher, fand das Land unsrer
Kindheit wieder und spielte, wie noch in vieler
Herren Länder dort den Leuten lustige Tänze auf,
und sang ihnen Lieder und erzählte ihnen — doch
das verstehst du nicht, fromme Hemma, aber wenn
du den Muth gewinnst, des fahrenden Spielmanns
Gefährtin zu werden, sollst du's verstehn lernen."

Hemma schüttelte verneinend ihr Haupt und sagte:

„Ich habe nur noch eine Sehnsucht: nach
Ruhe. Auf meiner Wanderung klopfte ich wieder=
holt an die Pforten heiliger Mauern an, aber der
Bettlerin wurde nur eine kleine Spende, Aufnahme
nicht. Ueberall wies man die Vagabundin mit
strengen, ermahnenden Worten zurück, bis sie hier
todesmatt zusammenbrach. Ein Kind, einem Engel
gleich, bat für die Unglückliche um Hilfe. Man
gab ihr Brod und eine Unterkunft in dieser Hütte;
— nach und nach erwarb ich mir Vertrauen und

Theilnahme. Wenn die Vertriebenen wieder in die Stadt zurückkehren, will Frau Else mich mit dahin nehmen, und dort im Kloster der armen Clarisserinnen für mich um Aufnahme bitten."

Der Spielmann warf einen langen, traurigen Blick auf seine Schwester, dann reichte er ihr das Tuch mit den Fischen und sagte:

„Da nimm, es ist ein frisches Frühmahl für uns. Bereite es, Hemma."

Er trat in die niedere Hütte, die nichts enthielt, als ein Lager von Laub, eine Bank und einen Tisch. Am Eingange waren einige Steine in Form eines Herdes zusammengefügt; einige Geschirre standen daneben. Hemma zündete ein Feuer an und bereitete auf die einfachste Weise die Fische zu. Kuno ließ sich auf die Bank nieder, stützte seinen Arm auf den Tisch, sein Haupt in die Hand, — trübe Gedanken zogen die Furchen seiner Stirne tiefer und die Linien um seinen Mund zuckten schmerzlich.

„Ihr Leben ist verloren! Arme Hemma!" seufzte er leise. „Einst so schön und glücklich — und jetzt — —" ein paar große Thränen perlten in seinen Augen, rollten über seine Wangen und fielen auf

den Tisch. „Weine ich? Ich, der lustige Spielmann?" rief er bitter und schüttelte sich und sprang
auf, und wollte aus der Hütte. Doch Hemma stand
an ihrem Eingang und hielt ihm auf hölzernem
Teller den Morgenimbiß entgegen. „Komm," sagte
sie sanft, „komm Kuno, wir haben lange nicht an
einem Tische zusammengesessen."

„Und nie an einem solchen," murmelte er bitter, doch folgte er ihr, — allein keines berührte die
Speise. Sie hielten sich die Hände, sie sahen sich
schweigend in die Augen, auf die veränderten Gestalten — und an eine ganze lange Geschichte von
Glück und Freude, von Graus und Schmerz schienen Blick und Händedruck, Lächeln und Thränen
sie zu mahnen. Hemma neigte sich an des Bruders
Brust, — er drückte ihr bleiches Haupt fest an sein
Herz und küßte die dunkeln Flechten, die es um-
kränzten. Er löste sie los und sie fielen lang und
seidenweich als prächtiger Schmuck über die arme
Kleidung.

„Diese langen, schönen Haare sollen unter heiliger Scheere fallen," sagte er in einem Anfluge
bittern Humors. „Meine Locken hat die Schande
gekürzt. Sie deckt nun die Kappe mit der Pfauen-

feber; — dein Haupt, Hemma, wird ein heiliger
Schleier umhüllen, und sich andächtig darunter neigen
ein Leben lang; — ich werde indessen lustige Weisen
aufspielen, daß die Armen sich ihres Lebens freuen
und lachen und tanzen. Du wirst Buße thun und
dich kasteien, den Himmel zu erringen, und wirst
flehen für das Seelenheil Anderer. Alles doch nur,
um aus einem gebrochenen, zerstörten Lebensgeschick
immer noch etwas zu retten für sich und andere.
— Egoist und Menschenfreund — bald das eine,
bald das andere mehr, wie der Würfel fällt, ob nun
in Gestalt einer Himmelsbraut oder eines fahrenden
Spielmanns. Auf, Hemma!" fuhr er, in wilde
Lustigkeit übergehend, fort. "Willst du durchaus Nonne
werden, so geh hin und leb' in stiller Zelle den Erinnerungen an schöne und glückliche Tage, denn das
Gedächtniß bannt auch kein Gebet, und lebe hoff-
nungsfreudig dem Tode entgegen, er öffnet dir ja
den Himmel. — Ich wandere so lang mein Fuß mich
trägt von Ort zu Ort, von Land zu Land, die
Fidel in der Hand, mit bunten Fetzen angethan,
ein vogelfreier Spielmann — ein Lump — rastlos,
— ehrlos — einsam inmitten des dichtesten Men-
schengewühls — schlechter als der Klopffechter, dessen

Leben kaum dem Glanz des Schildes in der Sonne gleich steht, und der ihn dennoch ungestraft um Geld erschlagen darf. Aber der Spielmann ist doch lustig, immer lustig, denn die armen Leute tanzen zu seiner Fidel. Das kleine Instrument macht sie springen über ihr Elend hinweg, und wenn sie lustig und guter Dinge sind, hören sie auch auf des Spielmanns Worte und seine Lieder, denn von dem was er spricht und singt, liegt der Same in ihrer Brust — er keimt, geht auf — er wächst — — — he, hollah, bleiche Schwester, freut dich dies nicht? Du solltest mit dem Spielmann ziehen und seine Lieder singen, statt der Hora und der Messe. Du einfältig Kind willst Nonne werden. Geh hin, fromme Seele, der Bruder Spielmann ist für dich verloren wie die Welt — denn sie beide passen sich zum beten und kasteien nicht."

„Kuno, Bruder, o Gott, du hast allem Glauben entsagt! Bist wohl gar ein Hussit geworden?" stammelte Hemma entsetzt und umfaßte ihn krampfhaft.

„Ach, was Hussit? Ich bin nicht Hussit, nicht Papist, nicht Christ noch Heide; — ein fahrender

Spielmann bin ich — weiter nichts — ein freier
Vogel, auf den jeder zielen kann und lachen, wenn
er ihn trifft, — aber, sei ruhig, Hemma — noch
ist der Schütze nicht da, der den freien Vogel Kuno
fängt. Seine Fidel ist sein Talisman und seine
Lieder und Mähren sind sein Schild. Munter, mun=
ter, bleiche Schwester — weine nicht! Was nützen
Thränen, und flösse damit das Herzblut hin! — Sei
lustig, Mädchen, die wenigen Stunden noch, die wir
beisammen sind. Der morgende Tag findet mich fern
von hier, — und kehre ich wieder, bist du im Klo=
ster und die Klosterpforten, hinter welche du dein ge=
brochenes Leben flüchtest, öffnet die Fidel des fah=
renden Spielmanns nicht. Lache, Hemma, lache so
lange wir noch die Hände uns drücken, in die Augen
uns schauen, — die Stunden fliehn pfeilschnell da=
hin. Lache, bleiches Kind, lache und tanze, sage ich
dir; fort mit der traurigen Miene, — der Spielmann
spielt dir seine lustigen Weisen auf."

Er griff zur Fidel und wilde Melodien schallten
durch den ärmlichen Raum, dämonischen Tönen
gleich. Hemma taumelte, suchte sich am Tische zu
halten, doch vergebens — in wirren Kreisen drehte
sich Alles vor ihren brechenden Augen und sie drehte sich

mit, ein, zweimal, dann sank sie bewußtlos auf ihr Lager nieder.

Kuno warf seine Fibel hinweg; — der wilde Geist, der in ihm getobt, entfloh vor dem todtenähnlichen Antlitz seiner Schwester und jammernd stürzte er vor ihrem Lager nieder und flehte:

„O, höre nicht auf, zu schlagen, geliebtes Schwesterherz, und vergieb!"

Er preßte Hemma's kalte Hände an seine brennenden Augen, an seine bang klopfende Brust, bedeckte ihr Antlitz mit Küssen und Thränen und gab ihr die zärtlichsten Liebesnamen.

Unbemerkt von ihm hatten sich unterdessen zwei Personen am Eingange der Hütte eingefunden und sahen erstaunt diese Scene mit an.

„Wer seid Ihr?" fragte nach einer kurzen Weile die sonore Stimme eines jungen Mannes, und: „ist Hemma krank?" setzte der silberhelle Ton eines zarten Mädchens hinzu.

Kuno hörte nicht darauf. Nur mit seiner Angst und seinem Leid um Hemma beschäftigt, achtete er der Stimmen nicht — doch Hemma schlug bei ihrem Klange die Augen wieder auf und richtete sich langsam in die Höhe; sie zeigte nach dem Eingang der

Hütte und faltete bittend ihre Hände. Jetzt sah auch Kuno dahin. Ein Jüngling von edlem, ernstem Angesichte und hoher, schlanker Gestalt stand dort und hielt ein Mädchen an der Hand, das kaum dem kindlichen Alter entwachsen war. Sie sah so duftig und rosig aus, wie die lieblichste Maiblüthe und ihr Auge war so mild und tiefblau, wie der Frühlingshimmel über ihr, und der Scheitel, der ihre zarten Schläfe umsäumte, glänzte so golden wie Aurora in den schönsten Sommertagen. Sie trat näher heran, doch immer die Hand des Jünglings fest haltend und sah bald auf die bleiche Hemma, bald auf den sonderbaren Mann an ihrer Seite.

„Es ist mein Bruder," erklärte Hemma, mit Anstrengung sprechend. „Er fand mich gestern hier im Garten, — wir sahen uns seit sechs Jahren nicht mehr."

„Wer seid Ihr, und woher kommt Ihr?" fragte das rosige Kind den fahrenden Spielmann.

Er zögerte mit der Antwort, endlich lautete sie:

„Wenn Engel um mein Geschick mich befragen, fehlt mir die Kunde davon."

Die rosigen Wangen des Mädchens wurden noch rosiger und halb erzürnt, halb verächtlich wandte sie sich von dem sonderbaren Mann ab und fragte Hemma, ob sie auf's neue erkrankt sei. Diese verneinte es und sagte, daß die unerwartete Ankunft ihres Bruders sie erschüttert und der baldige Abschied, denn er wolle Morgen schon wieder scheiden, sie so tief betrübe, daß sie weinend ihr Lager gesucht.

„Du bist ein fahrender Spielmann?" wandte sich der Jüngling, welcher Kuno aufmerksam betrachtet hatte, an diesen. „Wie kamst du zu solchem Gewerbe, dem der Blick deines Auges widerspricht?"

„Wenn auch von der öffentlichen Meinung geächtet, edler Junkherr, hat des fahrenden Spielmanns Leben doch ein Gut, das dem Euren fehlt: die Freiheit," erwiderte Kuno langsam und mit Nachdruck. „Vogelfrei bezeichnet mich die Welt — frei wie ein Vogel ziehe ich von Ort zu Ort, von Land zu Land, nach Süd und Nord, nach Ost und West — immer singend, musizirend und lustig den Becher leerend, verachtet und doch willkommen, gemieden und doch gesucht, der fahrende Spielmann mit der Fidel und der Pfauenfeder, den bunten Lappen und dem kurz geschorenen Haare."

„Du scheinst mehr zu wissen, als die Fibel auf-

zuspielen," erwiderte der Junkherr. „Hast wohl viele
Länder schon gesehen, und verstehst ihre Sprache?"

„Ja, edler Junkherr, so ist's. Ich war in Böhmen,
und habe den Huß predigen gehört, ehe er mit des
Kaisers Geleitsbrief nach Constanz zog, und war
mit meiner Fibel auch dort, als es rund um ihn
aufflammte und er sein Todeslied sang. Ich spielte
in den Schenken weit draußen vor der Stadt, denn
drinnen und rund umher war's voll von Rittern und
Reisigen, von Herren und Grafen, von geharnischten
Bischöfen, bunten Prälaten und dunkeln Mönchen.
Die Luft roch nach Weihrauch und die Häuser strotz=
ten von Gold und Silber und seidenen Gewändern.
Da war kein Platz für den fahrenden Spielmann.
Drüben überm See spielte er auf, als des Schei=
terhaufens Glut in seinen Wellen sich spiegelte,
aber da lockten auch seine lustigsten Weisen nicht
zum Tanze. Nachher jedoch gab's Turniere und
Feste, der Feuerschein erlosch schnell in dem See,
und die Leute tanzten wieder zu meiner Fibel.
Als jedoch der zweite Scheiterhaufen aufflammte
der den treuen Hieronimus verzehrte, da wanderte
ich weiter, — mein Magen wollte das nicht ver=
dauen und ich zog fort mehr nach Süden, nach Ita=

lien, und besah mir den Glanz der Städte, die Lor=
beerhaine und die Orangenblüthen und hörte die
Gesänge der welschen Minstrels. Was sollte der
deutsche Spielmann weiter dort, — es zog ihn
wieder nordwärts durch die Alpenthäler und über
die ewigen Gletscher; dabei freute er sich der freien
Schweizer, die seine Sprache verstanden. Dann
wanderte ich den Rhein auf und ab und betrat den
flachen Boden Hollands, seine reichen Städte, seine
proppen Dörfer und grünen Weiden und lernte ken=
nen, was der Fleiß vermag. Aber den fahrenden
Spielmann duldete es auch dort nicht lange — fin=
det er doch nirgends eine Heimath — auch nicht
im Schooße des eigenen Vaterlandes. Was ich am
schmerzhaftesten vermißte, suchte, dieses bleiche Leben
— ich fand es gestern hier, hinwelkend unter Blü=
thenbäumen — auf den Lippen den ewigen Abschieds=
kuß für mich."

„Weshalb den ewigen Abschiedskuß?" fiel das
rosige Kind lebhaft ein und sah theilnehmend auf
Hemma und ihren Bruder. „Die Arme wird wieder
gesunden unter dem Einfluß der warmen Frühlings=
sonne, und wenn Ihr einmal wiederkehrt, werdet
Ihr Euch darüber erfreuen können."

„Ja, wenn Ihr sie fest bei Euch halten wolltet, edles Fräulein — fest halten könntet, ja denn vielleicht."

„Wir werden für sie sorgen. Seid ruhig deshalb. Haben wir doch längst erkannt — das heißt eigentlich erst, seit Ahne Else und Ohm Johann bei uns weilen — daß sie nicht ist, was sie scheint, und ihre Vergangenheit glücklichere Tage geschaut hat."

Der Spielmann warf einen warmen, dankenden Blick auf das freundliche, rosige Kind, dann nahm er Hemma's Hand und bat:

„Bleib hier in dieser kleinen Hütte. Seit ich den Engel schaue, der sie umschwebt, wird sie mir zum sicheren Hort für dich."

Doch Hemma schüttelte ihr bleiches Haupt, ihre Hände falteten sich, ihr dunkler Blick flammte aufwärts und sie sprach mit gehobener Stimme:

„Wehrt mir nicht! — Darf das arme, gebrochene Herz auf den Altar des himmlischen Bräutigams sich niederlegen, o so gönnt ihm diese heilige Freude; gönnt mir das stille Asyl, das mich von der Welt scheidet, von ihren Blüthendüften, von ihrem ewig wiederkehrenden Grün — das dahingegangene Freu-

ben und Wünsche immer und immer wieder mit
neuem täuschendem Hoffnungsschimmer umgeben will
und sie nicht zur Ruhe kommen läßt in ihrem Grabe,
daß sie gleich bleichen Gespenstern in der Seele
wandeln und fort und fort sie erfüllen mit Sehn=
sucht, Ach und Weh und dem Grauen ihrer halt=
losen Gestalt."

Hemma sank nach diesen Worten erschöpft auf
das Lager zurück und schloß ihre Augen. Sie schien
zu entschlummern.

Das rosige Mädchen verließ mit ihrem Begleiter
die düstere Hütte und ging mit ihm durch die Baum=
pflanzung. Die Blüthenzweige neigten sich tief vor
der schönsten Frühlingsblume, die unter ihnen hin=
ging und schütteten, sie begrüßend, ihre weißen, duf=
tigen Blätter auf ihr sonniges Haupt.

„Welch schweres Geheimniß schwebt wohl über
dem Leben dieses Geschwisterpaares?" sagte der
junge Mann zu seiner lieblichen Gefährtin. „Denn
eben so wenig wie sie zu niederem Dienste geboren,
ist er es zum fahrenden Spielmann. Ich möchte ihn
wohl bei mir haben auf meiner Wanderung in die
Welt."

„Er scheint viel gesehen und erfahren zu haben,"

meinte das Mädchen. „Und wenn du wirklich fort
willst, Ohm Johann, wäre es vielleicht von Vortheil
für dich, ihn zum Diener anzunehmen. Das wäre auch
für ihn ein viel besseres Loos, als fahrender Spielmann zu sein."

„Er wird nimmer seine bunten Lappen mit der
Tracht eines Knechtes, nimmer sein freies Leben,
so ehrlos es auch bezeichnet wird, mit einem gebun-
denen vertauschen wollen," erwiderte Johann. „Nur
als Gefährte, als Begleiter würde er mit mir ziehen,
so will es mir sein ganzes Wesen bekunden."

„Ein fahrender Spielmann dein Gefährte? Du
ein Junkherr aus edlem Hause in solcher Gesellschaft?"
fragte das rosige Fräulein etwas erschrocken.

„Ist er, was sein Auge verheißt, möchte ich
trotz der Pfauenfeder auf seiner Kappe mit ihm ziehen." meinte der Junkherr. „Und da ich in die Fremde
wandern muß — da es mich nicht länger hier dul-
det, finde ich vielleicht nie eine bessere Geleitschaft.
Ich werde mit ihm darüber sprechen, und da es ja
doch geschieden sein muß, liebe Catharine, ist's besser,
ich zögere nicht länger damit."

„Wie? Und du willst vielleicht gar morgen schon

uns verlaſſen?" fragte ſie und ihre roſige Wange
erbleichte.

„Alles iſt bereit zur Wanderung, wie du weißt,"
fuhr er ſanft fort. „Die gute Mutter und Pater
Martin ſind mit uns im Bunde. Auch du, holdes
Kind, haſt ja längſt erkannt und verſtanden, was
mich forttreibt aus dem väterlichen Hauſe. Dein
reiner kindlicher Blick hat mit mir in die Zukunft
geſchaut, wie in die Tiefen meiner Seele, — und
was Hohes und Großes ſeit meiner Kindheit mir
vorgeſchwebt, haſt du lichten helfen mit prophetiſchen
Worten. Es treibt mich fort von der Stätte, wo
man gewaltſam bannen will, was Gott in meine
Seele gelegt, wo Vater und Bruder und Verwandte
dagegen ſtreiten und in dem jungen Sproſſen des
Hauſes nur ein unwürdiges Reis auf dem Stammbaum der Genßfleiſch und Gutenberg erblicken. Dein
Herz und der Mutter Liebe und des Paters Güte
erkannten es beſſer. Dein jugendlich friſcher, reiner
Sinn hat ſich meinen Ideen erſchloſſen und ſie hinwiederum geläutert und geſtärkt durch den tiefen
Blick deiner Seele, der prophetiſch in die Ferne
bringt. — Um zum Ziele zu gelangen, muß geſchieden ſein, wohl auf lange Zeit, — denn Jahre

können hingehen, bis ich klar erfasse, wie der große Gedanke lebendig werden soll. Ist erst der Anfang erreicht, sei gewiß theures Kind, dein Auge wird darauf schauen; — das erste vollendete Werk werde dein Eigenthum." —

„Deine Werke, dein Schaffen willst du mir weihen;" erwiderte sie, „doch du selbst entfliehst, willst von deiner kleinen Base scheiden, du böser, lieber Ohm, den ich mehr liebe als mein Leben — ja, dem ich mein ganzes Sein hingeben möchte, wie eine demüthige Magd, ganz zu eigen, in namenloser Treue."

Katharine sprach dies Geständniß offen, unbefangen, im Tone höchster Unschuld aus, allein wie sie sich dabei an den jugendlichen Oheim, der ihr als Bruder ihres Vaters eine geheiligte Person war, anschmiegte, sein Arm sie umfaßte und sein Herzschlag sie durchdrang, da überkam sie eine unaussprechlich süße Befangenheit und ihre ganze Gestalt erbebte unter den Wonneschauern erster Liebe. Ihr Auge schloß sich, die Welt entschwand ihr. Der Oheim, den die Gesetze der Kirche, wie die damaligen Lebensanschauungen den heißen Empfindungen ihres jungen Herzens unerreichbar ferne

stellten, wurde ihr zum Geliebten, und leise hauchte
ihr rosiger Mund:

„Ich bin im Himmel an deinem Herzen!"

Johann hielt die selig Träumende in seinen
Armen, — er küßte ihre reine Stirne und strich
liebreich über ihr goldenes Haar. — Da schlug sie das
blaue Auge groß auf, sah ihn tief und innig an, —
doch plötzlich, wie von hellschimmernder Höhe in
den dunkeln Schatten eines tiefen Thales geschleu-
dert, malte sich jähes Entsetzen in ihren Zügen.
Sie entriß sich Johann's Arm und bedeckte das
erbleichende Antlitz mit den Händen und weinte,
weinte in heißem Thränenstrome den heftigsten Schmerz
eines reinen, glühenden Herzens, das in seiner
Liebe, seiner höchsten, seligsten Empfindung, eine
Sünde erkannt hat.

Johann suchte die Weinende zu erheitern, er
ahnte, was das Herz des schönen Mädchens bewege
und mit viel Selbstüberwindung für sein jugendli-
ches Alter, gebot er dem seinen, zu schweigen und
bat sie mit lieben Worten, ihm das Scheiden nicht
so schwer zu machen und an eine frohe, schöne Zukunft zu denken, die ihrem Leben nimmer fehlen könne.

Sie erwiderte nichts hierauf und bat ihn nach einer Weile, sie jetzt zu verlassen.

Er ging in die Hütte, wo Hemma in unruhigem Schlummer lag und wirre Worte sprach. Der Spielmann saß gesenkten Hauptes neben ihr und schien schlummerlos noch schwerer zu träumen als sie. Johann trat zu ihm, legte die Hand auf seine Schulter und sprach leise:

„Ermuntere dich, lustiger Spielmann, komm, setze dich zu mir auf jene Bank, daß wir die Schlafende nicht erwecken. Ich habe dir einen Vorschlag zu machen. Wir wollen eine Weile zusammen wandern, wenn ich dir gefalle, wie du mir. Komm, laß uns darüber berathen.“

Sie sprachen wohl eine Stunde und noch länger leise und eifrig mit einander und als sie sich trennten, gaben sie sich die Hände, und Johann sagte:

„Also auf Morgen mit dem ersten Tagesgrauen unterhalb der Stadt, am Ufer des Rheins zur frohen Fahrt in die Welt!“

„Es sei so,“ gab der Spielmann zur Antwort, dann ließ er sich wieder neben Hemma's Lager nieder, die jetzt ruhig dalag, von einem erquicklicherem Schlummer umfangen.

6.

Zu den Füßen der Frau Else lag ihr junger Sohn
ihr theuerstes Kind, das Kleinod ihres Herzens und
flehte um den mütterlichen Abschiedskuß und Segen.
Pater Martin stand daneben, eine Thräne um die
andere auf der gefurchten Wange trocknend, damit
sie nicht herabträufle und das jugendliche Haupt
seines Zöglings schmerzlich berühre.

„Ziehe mit Gott, mein Sohn," sprach die Mutter mit mühsam errungener Festigkeit. „Der Geist,
der dich auf andere Bahnen lenkt, als dein Vater
dir bestimmte, kündet mir seine höhere Abkunft in
deinem Auge. Er mag bitten für mich bei dem himmlischen Richter, daß es nicht allzu schwer in mein
Schuldbuch eingetragen werde, was ich gegen den
Willen meines Eheherrn gut geheißen." Sie beugte
sich zu dem knieenden Sohne hernieder und küßte mit

langem innigen Kuß sein liebes Haupt, dann fuhr
sie in tiefer Bewegung fort: „Du verlässest die Heimath ohne des Vaters Segen und Abschiedskuß —
nimm beides denn von deiner Mutter doppelt, drei-
fach, nein, hundertfach. Ihre Liebe geleite dich mit
dem Schutzengel, den der allgütige Vater dort oben
dir mit auf den Weg geben wird, — er bleibe dir
so treu zur Seite, wie sie — dann bist du wohl
gehütet, mein Kind." Thränen hemmten ihre Stimme,
doch schnell sich wieder fassend, sprach sie weiter:
„Was in deinem Sinne steht, was du vorhast und
anzustreben gedenkst, mein schlichter Verstand faßt es
nicht — doch in meinem Gemüthe hat der Glaube
feste Wurzel geschlagen, daß es gut sein muß, weil
es deine Seele erfüllte von früher Kindheit an und
fest darin haften blieb, und sie so reich begnadigt
ist von Gott, mit hohem Geist und edlem Sinne,
mit christlicher Demuth und Milde. Nicht die Mutter allein erkennt dieses, nicht ihr partheiisches Herz
nur spricht es aus; — wer dein stilles, ernstes Wesen durchschaut, mein braver Johannes, weiß es
nicht anders, und bestätigt es denn nicht auch der
alte, treue Freund unseres Hauses, dein frommer,
redlicher Lehrer und wiederholt nicht selbst Katha-

rina's reine, kindliche Seele in prophetischen Träumen, was einst deine alte Ahne sterbend an deiner Wiege verkündet: Ein Licht strahle von dir aus, das weithin Helle verbreite. Sünde wäre, es verlöschen zu wollen, denn was Sterbende und Kinder sagen, ist das Orakel göttlicher Eingebung. Drum ziehe hin, mein Sohn, wohin dein Geist dich treibt — ich halte dich nicht länger zurück."

„Ja, folge muthig deiner inneren Stimme!" klang es Elsens Worten wie in Geisterlauten nach.

Sie kamen aus Katharinens Mund, welche leise herzugetreten war und weiß und zart, gleich einer Lilie neben der dunklen, gebeugten Gestalt des alten Martin's stand. Sie erschien größer als heute Morgen, so gerade und fest hielt sie ihren schlanken Leib empor; doch wie die Rosen auf ihren Wangen erblaßt, war auch der Glanz ihres Auges umflort, ihre elastischen Bewegungen verschwunden und ihre liebliche, silberhelle Stimme klang tief und ernst:

„Wandre von Ort zu Ort, von Land zu Land und lerne und prüfe, was dir frommt zu dem Ziele, das dir vorschwebt. Aus kleinen Dingen leuchtet oft plötzlich das wahre Verständniß von dem auf, nach

welchem der Geist jahrelang vergebens geforscht.
Kleine, schmale Wege führen auf die Gipfel der
Berge, mühsam ist ihr Erklimmen, doch der Lohn:
ein weiter klarer Blick in die Ferne und hernieder auf der Menschen Thun und ihre Werke. Mo-
ses vernahm Gottes Gebote auf der Spitze eines
Berges; — findest du den Weg zu dem Gipfel des
Sinai, der deinem Geiste vorschwebt, wird Gottes
Wort, die heilige Schrift in ihrer ganzen Fülle allen darnach Verlangenden offen stehen. Drum ziehe
hin, mein Freund — und nun — lebe wohl: Katha-
rina betet für dich, so lange sie athmet."

Sie beugte sich zu ihm nieder, der an ihr auf-
sah, wie zu einer Heiligen und berührte leicht mit
ihren feinen Lippen seine hohe Stirn und flüsterte
bange: „Horch, horch, die Lerche und die Nachtigall,
sie rufen schon, sie rufen dich von hinnen — der
Tag graut — leb wohl, mein Freund," dann sank
sie zurück, kalt, starr, in Martin's Arme, der in
liebreicher Sorge sie zu beleben versuchte; doch nur
leise Athemzüge hoben ihre Brust, ihr Auge blieb
geschlossen. Johann drückte in heftigem Schmerze ihre
erkalteten Hände an seine Lippen, seine heißen Thränen und flehte:

„Erwache, theures Kind! Blicke nur noch ein Mal auf mich!"

„Erwecke sie nicht," mahnte Martin. „Gehe jetzt und gedenke ihrer, als einer Heiligen!"

„Als einer Heiligen, frommer Freund, als einer Heiligen für Zeit und Ewigkeit!" gelobte Johann mit einem Anfluge von Schwärmerei und warf noch einen langen, tiefen Blick auf die Bewußtlose, drückte dann Martin's Hand, schmiegte sich noch einen Moment an das Mutterherz und war — verschwunden.

In einem kleinen Nachen, der einige hundert Schritte unterhalb Eltwill am Ufer befestigt lag, sprang bei dem ersten Morgengrauen der fahrende Spielmann mit keckem Satze hinein. Er fand bereits zwei Personen in dem kleinen Fahrzeuge, einen alten Mann mit grauen Haaren, doch von noch rüstigem Aussehen und einen kaum dem Knabenalter entwachsenen Burschen, der an der Ruderbank saß und fröhlich mit den erwachenden Vögeln um die Wette pfiff. Auf dem Boden des Kahns lagen allerlei Gegenstände, einige sorgfältig zusammengeschnürte Packete, verschiedene Kleidungsstücke, Eßwaaren und ein kleines Fäßchen nebst Humpen und Becher dabei.

„Gut gesorgt!" sagte der Spielmann darauf hin-

deutend. „Kommt, Alter, laßt uns eins trinken,
bis der Junkherr zur Abfahrt naht.“

Der Junge am Ruder stellte bei diesem Vor-
schlage sein Pfeifen ein und spitzte nach minder mu-
sikalischen Genüssen den Mund, doch der Alte schüttelte sein greises Haupt und wehrte:

„Bei Leibe nicht. Es ist anvertrautes Gut —
über das der edle Junkherr, wenn er kommt, verfü-
gen mag.“

„Bist eine ehrliche Haut, Alter, vorausgesetzt,
daß es dir Ernst mit deinen Worten ist,“ erwiderte der Spielmann lachend. „Ich möchte übrigens
auf eine lange Standhaftigkeit von deiner Seite
nicht schwören in der Nähe solch verführerischen
Inhaltes, als in diesem Fäßchen sitzt.“

„Wein ist des Rheingauers Blut,“ gab der Alte
zur Antwort, „sein Lebenssaft, das ist wahr — und
der Herr bewahre mich vor allzu großer Versuchung.“

„Ich hätte Lust, den Satan zu spielen, Alter,
und dir den gefüllten Humpen unter die Nase zu
halten.“

„Thut das nicht, Herr oder Lump, was Ihr
seid, denn ich sehe bei dem heller werdenden Himmel, daß Ihr nicht recht wie der eine noch der an-

bere aussieht. Seid Ihr denn wirklich die Geleit=
schaft des edlen Junkherrn?"

„Zu dienen, graues Haupt. Und daß du siehst,
welch unterhaltende Geleitschaft ich bin, will ich dir
gleich eine Probe davon geben."

Damit ergriff er seine Fidel und spielte einen
Tanz auf, — doch wie ohne seinen Willen ging
die lustige Weise bald in eine wehmüthige über.

Kuno sah die Gipfel der Bäume von der Mor-
genröthe geküßt, in deren Schatten Hemma's ärm=
liche Hütte stand.

Aus dem dunkeln Thore der Stadt trat jetzt
Johann's Gestalt hervor und nahte sich rasch dem
Kahne.

„Der Junkherr kommt," rief der junge Schiffer
und griff fröhlich zum Ruder. Auch Kuno's Melo=
die sprang bei diesem Rufe wieder in eine heitere
um, und er sang einen lustigen Willkommsgruß dem
Ankömmling entgegen.

Johann's Schritt war fest, sein Haupt hoch em=
porgerichtet, sein Auge den Lichtungen des Himmels
zugewandt, als wolle er sie durchbringen. Er sah
stattlich aus in dem weiten Mantelrock von schö=
nem Faltenwurfe, die goldene Kette darüber, das

Schwert an der Seite, als Zeichen seiner edlen Abkunft; sein leichtes Barett mit der schwankenden Feder paßte gar schön zu seinem jugendlichen Alter,
das seine ernste, nachdenkende Miene verläugnen
wollte. Der rasche Gang und der leichte Morgen-
wind bewegten die langen lichtbraunen Locken, daß
sie anmuthig des Jünglings Nacken umwallten. Mit
freundlichem Willkomm bestieg er den Kahn, den
Lorenz, der junge Schiffer, mit einem Rucke vom
Ufer löste und hinaus in die grünlichen Fluthen trieb.

„Wir steuern Euch bis gen Rüdesheim," sagte
der Alte zu Johann, als dieser sich unweit von ihm
niedergelassen. „So hat's Eure Frau Mutter bestimmt. Weiter abwärts kann auch ein so leichtes
Fahrzeug nicht wohl kommen, absonderlich wenn's
kein Rüdesheimer Steuermann lenkt. Wir da oben,
wir Eltwiller, halten uns von den wilden Gewäs-
sern ferne, die zwischen den Bergen und Felsen ihr
Wesen treiben; — unser Reich ist in der sonnigen
Ebene; da, wo der Schatten der Berge das helle
Wasser verdunkelt, kehrt der Eltwiller Schiffer wieder nach der Heimath um. Aber seid deshalb un-
besorgt, ich kenne die besten Steuerleute zu Rüdesheim und werde Eure Habseligkeiten in ein Schiff-

lein bringen, das sie und Euch sicher durch alle Gefahren führt, verlaßt Euch ganz darin auf den alten Beilbeck — hab's auch Eurer Frau Mutter hoch und heilig gelobt, zu sorgen, als wäret Ihr mein eigen Kind, oder mein Enkel da, der Lorenz."

„Daran hast du wohlgethan, Aehne," rief der Bube vom Ruderplatze her und griff noch kräftiger aus, „denn dein Enkelsohn, der Lorenz, wird auch auf dem Schifflein sein, das den edlen Junkherr wei= ter abwärts trägt."

„Wie? Was?" fragte der Alte, als habe er's nicht recht verstanden.

„Werb's dir zu Rüdesheim noch verdeutschen, Aehne. Euch, edler Junkherr, will ich einstweilen zu wissen thun, daß das schöne Fräulein aus Eurem Hause mich gedungen hat, als Diener Euch zu fol= gen. Sie hält große Stücke auf den Lorenz, der noch vor wenig Jahren ihr Spielkamerad und ihr bis dato stets in Allem zu Willen war und somit, was sie jetzt von ihm verlangt auch thun möchte, und gerade jetzt am allerliebsten, denn offen herausge= sagt, mich treibt's wie Euch, edler Junkherr, mehr zu schauen, als nur immer den Rhein zwischen Elt= will und Rüdesheim. Es ist wohl eine prächtige Fahrt das, aber ich möchte doch noch andres erleben, als hier immer auf= und abwärts rudern."

„Da höre einer den frechen Buben!" grollte der Alte. „Thut, als sei er schon ausgewachsen und stände auf eignen Füßen."

„Das stehe ich auch," rief Lorenz aufspringend und den Kahn in starken Schwingungen hin= und herschaukelnd, ohne selbst zu wanken, und fuhr lachend dabei fort: „Bei meiner Seele, stehe ich nicht fest auf den eignen Beinen?"

„Bist ein Teufelsbub," brummte der Alte schon halb besiegt. „Mit dir wird man nicht fertig. Vielleicht gelingt das schwere Stück Arbeit Euch, edler Junkherr, — und wollt Ihr's probiren, mag er Euch meinethalb folgen; — doch bleibt nicht zu lange mit ihm aus, Herr, denn meine alten Augen verlangt's, ihn noch einmal zu sehen, ehe sie sich für immerdar schließen."

„Wir sprechen noch darüber, Alter," erwiderte Johann, überrascht durch Katharinens Sorge, welche den fahrenden Spielmann nicht für einen sehr zuverlässigen Gefährten halten mochte, und ihm in Lorenz einen treuen Sohn aus der Heimath mitgeben wollte.

„He, Junge, was werden aber die Wasserfräulein sagen, die seither mit dir geliebäugelt, wenn du sie treulos verlässest?" fragte der Spielmann.

Der muntere Ruderer lachte hell auf und sang statt der Antwort:

„Nixlein tanzt auf dem Rhein,
Liebäugelt nur zum Schein
Freundlich dem Schiffer zu.
Doch der Schiffer denkt
An seine Lieb' zu Haus',
Und lacht das Nixlein aus.
Ruder schlag zu, lustig zu, lustig zu!"

Kuno, dem des Knaben Gesang gefiel, accompagnirte ihn sogleich mit seinem Instrumente; — und als der Sonnenstrahl frische Prisen vor sich herjagend über die Wellen blitzte und hell das Schifflein beschien, gleitete es gar leicht und fröhlich auf den grünen Wellen dahin.

Links und rechts an den Ufern des prächtigen Stromes erhoben sich gethürmte Burgen, lagen ummauerte Ortschaften, blickten aus grünen Hainen Klostergebäude hervor.

„Wollen wir denn da überall vorbeifahren?" fragte der Spielmann den ernst niederblickenden Johann. „Wär's nicht vernünftiger, wir legten da

und dort an, und besähen uns dies und das etwas
genauer?"

„Das ist auch meine Absicht, Kuno," erwiderte
Johann. „Vor Allem möchte ich jenes Kloster be=
treten, dessen Thurm dort zwischen Rebenhügeln
sichtbar wird. Pater Martin gab mir ein Empfeh=
lungsschreiben an einen gelehrten Bruder dort mit,
— doch Ihr werdet mich schwerlich dahin begleiten
können, man wird Euch den Einlaß wohl nicht ge=
statten."

„Dem fahrenden Spielmanne sicherlich nicht,
dem öffnen sich nur wenige fromme Klausen, aber
Euren Diener wird man Euch folgen lassen, und
da es mich gelüstet, die berühmte Gastfreundschaft
jener Abtei zu erproben, begleite ich Euch in dieser
Eigenschaft dahin. Gebt nur Acht, ich komme bald
damit zu Stande."

Er öffnete eines der Packete und stand in kurzer
Frist verwandelt da.

„Eure Mutter und Hemma haben dafür Sorge
getragen, daß wir stets gut neben einander herge=
hen können — oder ich doch drei Schritte hinter Euch,"
erklärte er. „Freiwillig mache ich mich schon hin
und wieder, in gemeinschaftlichem Interesse, zu Eu-

rem Diener — sonst, das schwöre ich Euch, ist
der fahrende Spielmann Niemand unterthan."

Kuno's Auge blickte bei diesen Worten trotzig
aus. Inhaltschwere Erinnerungen schienen sich ihm
plötzlich aufzudrängen; — seine schmalen Lippen
preßten sich zusammen, als wolle er diese fest in
sich verschließen, dennoch drang es aus seiner Brust
hervor:

"Ich habe Tage geschaut, an denen ein Wink
von mir mehr als einen Diener in Bewegung setzte."

"Ihr seid mir ein werther Gefährte, welches
Kleid Ihr auch tragen mögt," sagte Johann und
reichte ihm die Hand.

"Ihr vertraut dem fahrenden Spielmann, reicht
dem Vogelfreien die Hand," erwiderte dieser bewegt. "Dafür bleibt er Euch treu verbunden und
seine Geleitschaft soll Euch Vortheil bringen. —
Doch lassen wir das jetzt. Ich bin Euer Diener,
wie Ihr seht, edler Junkherr, der Dienstmann ge-
horcht."

"Das Schicksal hat Euch wohl recht übel mit-
gespielt, wie mir däucht?" forschte Johann mit
Theilnahme. Doch des Spielmanns Gesicht ver-
finsterte sich bei dieser Frage, die Furchen seiner

Stirne zogen sich tiefer, um seinen Mund lagerte
sich bitterer Hohn — und in herber Weise gab er
zur Antwort:

„Fragt mich darum nie mehr, wenn unsere Ge-
nossenschaft nicht so schnell enden soll, als sie begonnen. Will ich Euch einmal da hinein schauen
lassen, ziehe ich aus eignem Antriebe den Vorhang
auf — doch besser, es geschieht nie. — Zu was
auch der Vergangenheit gedenken? — Die Gegenwart brachte uns zusammen — sie allein beschäf-
tige uns, sie trage uns mit leichten Schwingen der
Zukunft entgegen, sei diese hell oder dunkel. Fröhlich, Junkherr,“ fuhr er aufgeregt fort, „laßt uns
den Augenblick nützen — nur er allein bietet Ge-
nuß. Seht, welch goldenes Spiel eben die Sonne
mit den Wellen treibt, wie trunken von Lust die
Vögel an der glänzenden Fluth nippen und schä-
kernd mit ihr sich flüchtig vermählen, und dort am
nahen Ufer die Käfer lustig schwirren, die Schmet-
terlinge ihre Blumenfittige schwingen, um die süße-
sten Blumen zu suchen, und der junge Landmann
sein rundes Weib umfaßt, der Knabe mit den Mädchen kirrt. Ein Narr, der vergangenen Dingen
nachgrübelt und um die Zukunft sich härmt. Die

Gegenwart nütze er, sie allein gehört ihm. Was dahin ist, kehrt nicht wieder, und was einst kommen wird, ist ein zweifelhaft Ding. Meint Ihr nicht auch so, Junkherr Gutenberg?"

„Die Gegenwart hat keinen Werth, wenn sie nicht Vergangenheit und Zukunft in sich schließt," erwiderte Johann, und sein Auge hing sich forschend an seinen Gefährten.

„So sprecht Ihr und unternehmt träumerische Fahrten in's unbestimmte Blaue hinein?" entgegnete der Spielmann. „Und greift nicht zum Schwerte an Eurer Seite und werft Euch nicht in den Kampf, der eben so heiß um Vergangenheit und Zukunft ringt? Warum helft Ihr nicht dem Kaiser sein Erbland Böhmen wieder erobern und die Ketzer und Rebellen morden?"

„Anderes steht in meinem Geiste," erwiderte Johann, „mich schaudert vor Blut und rauchenden Trümmern und all dem Jammer in ihrem Gefolge, aus dem nimmer Gutes erwachsen kann."

„Weshalb nicht?" widersprach Kuno aufgeregt. „Aus Leichen und Trümmern schwang sich schon oft ein hellleuchtender Phönix empor. Hat nicht ein solcher auch über Huß Scheiterhaufen seine Fittige

11*

geschwungen und sie dann über die Wohnungen der Menschen ausgebreitet. O, an vielen Orten hat man ihr Rauschen vernommen — und wer es einmal gehört, vergißt es nicht wieder."

„Und Blut düngt den Boden statt des Landmanns Fleiß," fiel Johann ein, „und leergebrannte Stätten sieht man in den öden Feldern — und Mütter jammern um ihre Kinder, die Braut um den Geliebten, der Gatte um sein Weib; alle heilige Bande zerreißen, denn der Fanatismus und die Herrschsucht ringen um den Sieg. Das Reine, das Göttliche geht unter in den Greueln des Krieges; der Phönix versenkt in seine rothen Wellen, und Schauder ergreift die Menschheit. Nur einem Friedenswerke kann er in ruhiger Klarheit entsteigen, denn nur die geistige Fortentwicklung des Menschen bedingt seine leuchtende Kraft, und nur sie allein kann die glückversprechende Uebergangsbrücke werden, die der alten in eine neue, eine bessere Zeit den Weg bahnt. Noch fehlt der stützende Pfeiler, diese Brücke zu tragen. Ströme Blutes sind es nicht; — über sie hinweg muß sie sich erheben auf dem Fundamente des Friedens, der Arbeit und des Wissens. Diese vermittelnde Stütze muß noch ge-

funden werden, und wie mich däucht liegt sie ge=
heimnißvoll verborgen in der Kraft, die es ver=
möchte, Worte und Gedanken mit geflügelten Schwin=
gen von Seele zu Seele, von Ort zu Ort, über
Länder und Meere zu tragen, die den leiblichen Au=
gen noch eine geistige Sehkraft verliehe, welche fä=
hig wäre, die weitesten Fernen zu durchdringen, die
ein schärferes Gehör dem Ohre gäbe, durch das
die Weisheit aller Zeiten eindringen könnte, und
den Mund mit der Wundermacht begaben würde,
eine weise Rede mit Blitzesschnelle in tausendfältiger
Kunde zu verbreiten.“

Des jungen Gutenberg's Gestalt hob sich höher
bei diesen Worten, und sein braunes Auge flammte
in hellem Glanze aufwärts. Doch wie er geendet,
sank sein Haupt tief nach der Brust hinab, und sein
Blick verschleierte sich mit den langen dunkeln Wim=
pern. Als er ihn wieder erhob, lag fromme An=
dacht darin und Vertrauen auf den Himmel, der eben
in reinstem Blau sein heilig Zelt über ihn und die
frühlingsheitere, hoffnungsgrüne Erde ausspannte.

Die Abtei, in welche Gutenberg einzukehren
gedachte, trat jetzt deutlich am Abhange der Berge
hervor. Kuno gab dem Schiffer einen Wink, an

geeigneter Stelle zu landen und betrat gleich darauf
mit Johann das Ufer. Sie gingen auf schmalen
Feldwegen den Anhöhen zu, welche sich mit ihren
Rebenpflanzungen sanft in die Ebene herabzogen
und das Kloster Eberbach umgaben.

„Jene Abtei," erzählte Johann, darauf hindeu-
tend, „ist das reichste und angesehendste Kloster weit
und breit. Seine Besitzungen erstrecken sich bis gen
Rom. Wenn einer seiner Bewohner die ewige Stadt
besuchen will, kann er nach jedem Tagesmarsche im
Eigenthume seines Klosters übernachten. Seit seinem Bestande zeichnet sich übrigens auch diese fromme
Stiftung durch eine vortreffliche Oekonomie aus,
welche segenbringend auf das ganze Rheingau ein-
wirkte. In früherer Zeit handhabten die Mönche
selbst Spaten und Hacke, sie rotteten die Wälder
aus, pflanzten an ihre Stelle edle Reben und be-
förderten den Ackerbau und die Industrie auf alle
Weise. Durch Einführung neuer Fruchtsorten, wie
durch Anlegung von Wasserleitungen zum Betrieb
von Mühlen und Fabriken, brachten sie Fortschritt
und reges Leben in diese Kulturzweige. Die Bauern
und Dienstleute von Eberbach leben Alle im Wohlstande, während die Armen Unterstützung in der

reichen Abtei, die Vorübergehenden gaſtliche Aufnahme, die Kranken, ſelbſt die Ausſätzigen, vor be-
nen Jedermann flieht, in einem Hospitale Unter-
kommen und Pflege finden. In neuerer Zeit haben
nun die Mönche Hacke und Spaten in andere Hände
gelegt und dafür zu Buch und Feder gegriffen. Sie
wenden ſich jetzt mehr der Gelehrſamkeit zu und
behaglichen Genüſſen, die ihnen aus der weiſen
Verwendung ihrer Reichthümer entſpringen. Ihr
Leben iſt ein geordnetes und ſteht in jeder Bezie-
hung weit über dem der meiſten Klöſter des Rheingaues und noch gar vieler anderen."

„Die feurigen Weine ihres Kellers werden ſie
ſchadlos halten für Freuden, wie ſie andern ähnli-
chen Stiftungen zu Theil werden, und wie ſie beſon-
bers ihr Nachbarkloſter, der ſchöne Johannisberg
ſeit Jahrhunderten beſaß und noch beſitzt," entgegnete der Spielmann ironiſch.

„Ihr meint die Doppelklöſter?" ſagte Johann.
„Ja, die haben der Welt ſchon viel Aergerniß gegeben, doch werden ſie meiſtens nach kurzem Beſtande
wieder aufgehoben, wie zu St. Alban und Jakob in
Mainz, wie bei vielen Klöſtern im Rheingau und
ſelbſt vor noch nicht langer Zeit im Kloſter St. Jo-

hannes, dort oben auf jenem prächtigen Rebenhügel am Rhein."

„Allerdings," lachte Kuno, „hat der vorige Erzbischof für nöthig befunden, nach langem, hundertjährigen Bestande das gemeinschaftliche Zusammenwohnen der Brüder und Schwestern von St. Johann unter einem und demselben Dache aufzuheben und für die letzteren eine stille, einsame Klause am Fuße des Berges zu erbauen. Dort seufzen sie nun, die armen, von ihren Brüdern getrennten Schwestern, die fürder nur beten und mit dem Himmel sich befassen sollen. Aber ich könnte Euch eine Geschichte erzählen, Junkherr — ich, der fahrende Spielmann — wie Nachts Gespenster in dem dunkeln, einsamen Hause aus- und einwandeln, trotz Schloß und Riegel und wie es dann drinnen hell und lebendig wird, Rapuzen und Schleier fallen, des Spielmanns lustige Weisen ertönen und — und —" fuhr er in wilder Aufregung fort, „dunkle Augen aus dunkeln Schleiern mitten in dem Lichtergefunkel und Bechergeklirre, wie eine geheimnißvolle Nacht voll schaurig süßer Träume ihn anschauen, wie ein Schmerz, der dem seinen gleicht — ein untergegangenes Leben, ringend mit den finstern Dämonen die es vernichten.

Ich sage Euch, Junkherr, in jener frommen Klause
lacht die Hölle. Ich habe sie dort jauchzen gehört
— und auch Ihr sollt es hören, wenn es Euch dar=
nach gelüstet. Wollt Ihr mich zu dem Teufelsspuk
in heiligen Mauern begleiten, so seid des Spiel=
manns Gefährte, wie er jetzt zum Besuche jenes
gepriesenen Klosters als Diener Euch folgt."

„Nimmermehr bin ich Euer Begleiter auf solchen
Wegen," erwiderte Johann mit Abscheu. „Auch Ihr
solltet sie meiden, Kuno. Sie bringen Euch den in=
nern Frieden nicht, der, wie ich fürchte, Euch man=
gelt."

„Und der dahin ist für alle Zeit," lachte Kuno
wild auf. „Wo wäre der Ort zu finden, der dem
Vogelfreien zum Friedensport würde! Ein unstetes
Leben ist sein Loos — er jagt sich müde, er lacht
und weint, er flucht und betet, wie's der Augenblick
mit sich bringt; — nur eines steht ihm darüber —
eines, Junkherr, und dies eine, so weit auch unsere
Wege auseinandergehen, bewegt Eure Brust, wie
die meine, wenn gleich in anderer Weise. — Doch
wohin verliert sich der fahrende Spielmann, Euer
Diener jetzt, edler Junkherr! Lustig voran, zum Be=
suche der gastlichen Abtei. Seht, ihre Thore öffnen

sich schon. Schreitet voran, Herr Genßfleisch zum Gutenberg, — Euer Diener Kuno folgt Euch bescheidentlich nach."

Johann wurde in der Abtei freundlich begrüßt und nach den obern Räumen geleitet, während sein Diener einen Platz in einer unteren Halle angewiesen erhielt. Es war kühl und luftig hier und bald fanden sich noch andere Gäste ein. Kuno's fröhlicher Humor, der bei einem Becher guten Weins erwachte, lockte sie an seinen Tisch, und bald gesellten sich auch einige Klosterbrüder hinzu. Küche und Kellermeister spendeten reichliche Gaben, besonders schien dem letzteren der lustige Diener zu gefallen. Er ließ sich neben Kuno nieder und jede frische Füllung des Humpens brachte den Gästen feurigeren Wein.

„Ihr seid ein wahrer Wundermann, Bruder Kellermeister," bemerkte Kuno nach einem kräftigen Zuge aus dem frisch gefüllten Becher. „Zwar habt Ihr es nicht so weit gebracht, aus Wasser Wein zu machen, aber doch eine geringere Sorte in eine bessere zu verwandeln. Stoßt an, Bruder Kellermeister, Ihr sollt leben, sammt Eurer wunderthätigen Hand, Eurem frommen Hause und seinen vielversprechenden Kellern!"

„Schelm, der Du bist!" erwiderte der joviale
Klosterwirth. „Deine gute Laune hat das Wunder
der Verwandlung bewirkt, dank es Dir selbst. Ein
lustiger Kumpan ist uns stets willkommen, besonders
hier unten in der Halle. Droben pflegen sie häufig
gelehrte Gespräche; — das taugt nichts für den
Bruder Kellermeister, dem Lachen und Singen —"

„Und Trinken," fiel Kuno ein, „weit besser
mundet als Gelehrsamkeit."

Nachdem der Humpen abermals geleert war und
der freigebige Bruder ihn wieder gefüllt herein brachte,
trug er noch ein kleines Krüglein in der andern Hand
und stellte es mit einem vielsagenden Blick auf Kuno
bei Seite.

„Dort ist etwas ganz besonderes für Euch,"
flüsterte er ihm zu. „Die Andern werden bald
weiter ziehen, dann sollt Ihr das Krüglein dort
leeren."

Doch wie die Bewirtheten weiter zogen, kamen
neue dafür. Der schöne Frühlingstag brachte viele
Gäste, denn selten zog ein reisender Handelsmann
oder sonst ein Wanderer vorüber, ohne einzusprechen
und von dem berühmten Wein der Eberbacher Abtei
zu genießen.

Der Kellermeister, der heute des Besuches kein
Ende sah, winkte Kuno an ein kleines Tischchen in
eine Ecke der Halle. Dort pflanzte er mit wichtiger
Miene das kleine Krüglein vor ihm auf und sagte,
bedeutungsvoll den Finger auf den Mund legend:

„Damit schlürft Ihr ein Klostergeheimniß, Freund
Kuno; — genießt es mit Verstand, und verrathet
mich nicht, denn ich sage Euch, so lange noch ein
Mönch in der Abtei Eberbach lebt, darf es nicht
in die Welt hinauskommen. Trinkt, und Gott ge-
segne es Euch, lustiger Kumpan! Was das Krüglein enthält, ist ein wahrer Gottessegen.“

Kuno öffnete den Deckel des kleinen Gefäßes
und rief:

„Ah! wie es duftet!“

Dann that er einen langen Zug, dann kleinere,
bedächtigere, dann schlürfte er langsam den Rest, schüttelte die Hand des Bruder Kellermeisters und sang:

„Hab Dank, hab Dank
Für solchen Trank,
Du braver Kellermeister!
Schließ' fest ihn ein
Den Götterwein,
Voll feurig wilder Geister,
Sonst stürmen sie dein frommes Haus
Und rufen laut: hinaus, hinaus,

Zu Lieb und Lust am schönen Rhein,
's wird uns zu eng im Klösterlein,
Im Klösterlein so ganz allein —
So ganz allein im Klösterlein!"

„Schweigt mit so sündhaften Liedern," wehrte lachend der Kellermeister. „Ueberdies liegt keine Weisheit in dem, was Ihr gesungen, denn der feurige Geist dieses edlen Getränkes ist ein so prächtiger Gesellschafter zwischen engen Mauern, daß er daran fesselt, nicht Sehnsucht nach Außen erweckt — und neckt er uns je zuweilen in aufgeregter Laune mit solch sündhaftem Verlangen, vergeht es über Nacht wieder. Die Morgensonne bringt uns stets richtiges Verständniß mit uns selbst und unserem Tagewerk zurück."

„Das ist die Frucht Eures beschaulichen Lebens und wahrlich Ihr thut wohl daran, zufrieden mit Eurer Klause zu sein, Freund Kellermeister. Bei Gott, ich neidete Euch darum, wenn ich nicht wäre der ich bin, denn es ist wirklich ein herrliches Loos, sein lebenlang im innigsten Verkehr mit solch edlen Geistern zu stehen. Doch sagt, frommer Bruder, wie nennt Ihr denn diesen geistvollsten Zögling Eures Hauses?"

„Steinberger ist er getauft. Ein kräftiger Name, nicht, Freund Kuno? Doch behaltet ihn bei Euch, wenn der Bruder Kellermeister je einmal das Krüglein da Euch wieder füllen soll."

„Hier meine Hand darauf, gewissenhafter Kellermeister. Ich verrathe das geheime Kind Eures Hauses nicht, das ich noch öfter zu kosten gedenke."

„Wir haben's gehegt und gepflegt wie unser Augenlicht," sagte der Kellermeister mit einem wahrhaft väterlichen Blick auf das Krüglein, „drum lieben wir es auch vor allen andern und wollen unsere alleinige Freude daran haben. Ihr, lustiger Kumpan, seid der erste Gast der unteren Halle, dem ich den geheimen Liebling unsres Hauses vorstelle; — auch droben wird er nur höchst selten einem Fremden zu Theil und ich wette, Euer Herr bekommt ihn nicht zu Gesicht."

„Der arme Herr," seufzte Kuno, „doch nicht mehr als billig, daß der Diener zuweilen auch etwas vor dem Herrn voraus hat."

„Klopft nur bald wieder an unsere Pforte an, und ist der Kellerschlüssel noch in meiner Hand, soll flug's das Krüglein da wieder vor Euch stehen."

Kuno faßte den Kellermeister vertraulich um den Hals und summte:

> „Komm ich aus fernem Land,
> Klopf ich an's Klösterlein
> Am Rhein, am Rhein.
> Dann reicht zur Labung mir
> Das Krüglein hier,
> Mein Brüderlein
> Am Rhein, am Rhein."

„Und voll Steinberger soll es sein!" fiel der fröhliche Kellermeister singend ein; — da rief ihn eine mahnende Stimme zu anderem Dienste — und Kuno, erhitzt von dem feurigen Getränke, lehnte sich in die kühle Ecke zurück und entschlief.

Während Kuno sich auf diese Weise unterhalten und von den Weingeistern der gastlichen Abtei in Schlummer gewiegt wurde, schritt Johann an der Seite eines gelehrten Mönchs durch die verschiedenen Räume des stattlichen Hauses. Er sah die Kirche an, bewunderte den kunstreichen Altar derselben und einige schöne Freskogemälde; — dann betrat er mit heiliger Ehrfurcht das stille Gemach, in dem die Bibliothek des Klosters in wohlverwahrten Schränken sich befand. Sein Begleiter öffnete sie und zeigte mit stolzem Selbstgefühl auf die darin ent-

haltenen Schätze. Verlangend hing sich Gutenberg's
Auge an die kostbar eingebundenen Folianten, wie
an die minder auffallenden Bücher, an die vergilb=
ten Pergamente, Handschriften und Urkunden aus
alter Zeit. Das Kloster Eberbach besaß nach den
damaligen Begriffen eine reichhaltige Bibliothek.
Sie schloß größentheils Abschriften berühmter Werke,
in dem Kloster selbst angefertigt, und um schweres
Gold erworbner Bücher in sich.

Der Pater reichte Gutenberg einen großen Foli=
anten, ein Prachtwerk in Sammeteinband mit gol=
denen Buckeln und Klausuren und sagte:

„Sein Inhalt ist seines Kleides würdig, es ist
die heilige Schrift, das kostbarste Buch, was bis
jetzt in unsern Mauern gefertigt wurde."

Johann schlug es hastig auf und rief staunend:

„Welch' schöne, gleichförmigen Buchstaben, welche
feste sichere Hand!"

Dann hing sich sein Auge immer ernster und
nachdenkender daran. Die gleichmäßigen Linien
der Schrift fesselten ihn mehr, als die Farben=
pracht, welche auf ihre Ausschmückung verwendet
war und selbst mehr als die Miniaturgemälde,

die einzelne hervorragende Gedanken in bildlicher
Form darstellten. Es war, als könne er sich von
dem Anblicke dieser todten und doch so lebendigen
Zeichen nicht mehr los machen und müsse sie in
allen ihren Einzelnheiten verfolgen, so scharf blickte
er darauf, so unbeweglich hielt seine Hand die auf-
geschlagene Seite fest, und als könne den mächtigen
Gedanken, der seine Seele bei ihrem Anblicke bewege,
seine Brust nicht mehr fassen, drang es aus ihr in
halblauten Worten hervor:

„Herr, mein Gott, laß die Fackel sich entzünden,
die wie ein Blitzstrahl den Erdball erleuchten und
umkreisen müßte, vor deren leuchtendem Scheine
tausendjährige Nacht entwiche, und dein Wort, All-
vater, bis in die entferntesten Himmelsstriche dränge,
mit ihm Gesittung und Wissen. Verleihe mir Schwachen die Kraft den Gedanken, den du, Allmächtiger,
in meine Seele gelegt, dem forschenden Geiste so
zu erschließen, daß er als lebendig gewordene Idee
in die Welt hinaustreten kann zum Wohle der
Menschheit, und gepriesen werde als das Werk deiner unendlichen Güte, du großer Geist der Liebe
und des Friedens."

Der gelehrte Pater sah verwundert auf den jungen Mann, der seine Nähe vergessend, Wort und Seele zu Gott erhob.

„Was habt Ihr? Was geht in Euch vor, junger Freund?" fragte er nach einer längeren Pause.

Johann schrak zusammen und schloß schnell das Buch, als könne es das Geheimniß seiner Seele verrathen, und sagte mit Befangenheit:

„Vergebt, ehrwürdiger Vater, daß ich über dieser kunstreichen Arbeit mich vergessen konnte, in ein Selbstgespräch zu gerathen. Ich staune so schöne und mühsame Dinge stets wie ein Wunder Gottes an und gerathe leicht darüber in Extase."

„Da geht Ihr zu weit, mein Sohn. Es sind nur Werke des Fleißes, die Gott, der Herr gesegnet. Doch erfreut mich Euer reger Sinn dafür, und ich will Euch dies dadurch beweisen, daß ich Euch, was wir sonst nicht leicht einem Gast gewähren, in die Werkstätte führe, wo Kenntniß und Fleiß mit Geduld und heiligem Eifer gepaart unter Gottes Schutz solches zu Stande bringt. Ihr sollt schauen, Junkherr Gutenberg, was Euer Auge wohl noch nie geschaut."

Der Pater verschloß sorgfältig die Bücherschränke und auch das Gemach wieder, dann ging er Johann

einen schmalen Gang voran, dann eine enge dunkle
Treppe hinab, die in einen blumigten, sorgfältig ge-
pflegten Garten führte, der von dem Kreuzgang, der
Kirche und einem Hinterflügel des Klosters umschlossen war. Der letztere lief schmal aus und hatte
nur im oberen Stockwerk Fenster, die jedoch für
die damalige Zeit außergewöhnlich groß waren. Hier
klopfte der Pater an eine verschlossene Thüre dreimal an. Sie that sich sogleich auf, und die Helle,
die von oben herabdrang, zeigte eine steinerne Treppe,
welche in das erste Stockwerk führte. Hier ange-
kommen betrat man zuerst einen ziemlich großen
Vorplatz, auf dem verschiedenes Material umherlag.
Gutenberg's Aufmerksamkeit wurde sogleich dadurch
in Anspruch genommen, doch der Pater gönnte ihm
keine Zeit zu näherer Beschauung, sondern geleitete
ihn weiter durch ein kleines Vorzimmer in einen
Saal, in welchem etwa zwölf Klosterbrüder und
einige weltlich gekleidete Männer verschiedenen Beschäftigungen oblagen. Die Mönche hatten, so weit
es ihre Arbeit erforderte, das klösterliche Kleid ab-
gelegt — Arbeit schien hier der alleinige Zweck ihres
Lebens zu sein. Es herrschte große Stille, Ernst
und Eifer in dem hellen Raume, der einer Werk-

stätte glich. Einige waren mit Zubereitung von Pergament beschäftigt, andere sortirten und schnitten Papierbogen in gleicher Größe zu und legten sie den Schreibern zurecht, welche an einzelnen kleinen Tischen in kunstreicher Schrift Manuscripte darauf übertrugen oder schon geschriebene Bücher noch einmal abschrieben. Wieder andere illuminirten einzelne Theile derselben und fertigten kleine Bilder zu ihrer Ausschmückung an. Diese wurden von einem freundlichen Mann mittleren Alters überwacht und angeleitet. Gutenberg's Führer nannte ihn einen niederländischen Maler. Er sah lange und aufmerksam dieser Beschäftigung zu, dann traten sie an einen langen Tisch, an dem fertige Blätter zusammen gehefet, gepreßt, geleimt und die verschiedenen Einbände dazu auf das sorgfältigste hergerichtet wurden. Alles ging ganz regelmäßig von einer Hand in die andere, aber dennoch blieb es bei allem Fleiß und Eifer ein schwieriges und langwieriges Werk, bis nur ein Buch zu Stande kam. Einige Mönche führten auch Bücher in allen ihren Einzelnheiten aus und ließen es sich nicht nehmen, irgend ein Prachtwerk allein zu Stande gebracht zu haben. Das war aber dann freilich die Arbeit mehrerer Jahre, und solche mühsame Kunstwerke wurden ungeheuer hoch gehalten und fanden sich nur in reichen Klöstern, oder in den Schatzkammern der Großen vor, wo sie bei den Kleinodien und Kronjuwelen aufbewahrt und wie diese gehütet wurden. Könige und Fürsten wetteiferten mit den reichen Klöstern in Anschaffung von Bibliotheken theils aus Kunstsinn und Wissensdurst, doch noch mehr aus Eitelkeit und Prunksucht, denn was damals geschrieben wurde, war fast durchweg in lateinischer Sprache; solche geschriebene Werke kosteten sehr große Summen und waren nur Wenigen verständlich.

Den Bedürfnissen des größern Publikums nach Schriften halfen die öffentlichen Schreiber, und seit dem Anfang des fünfzehnten Jahrhunderts auch die sogenannten Briefdrucker oder Briefmaler ab, welche nach und nach zu der Erfindung kamen, von Holztafeln rohe Umrisse von Heiligenbildern mit Beifügung kleiner Reime und Bibelsprüche mittelst eines Reibers abzudrucken. Auf diese Weise wurde die mühsame Malerei der Karten und der Heiligenbilder, mit ihren Reimen und Bibelsprüchen erleichtert. Man nannte diese Beschäftigung Briefdrucken, weil man jede Schrift Brief nannte, wovon noch heut zu Tage die Bezeichnung Frachtbrief, Lehrbrief ꝛc. kommen mag.

Weiter jedoch ging diese Druckkunst noch nicht, die man kaum als den rohen, unvollkommnen Vorläufer der großen Erfindung Gutenberg's bezeichnen kann, und der dem Gedanken, durch bewegliche Lettern einen tausendfältigen Bücherdruck zu ermöglichen, noch ferner lag, als manche Idee der Griechen und Römer. Doch auch diese großen, geistreichen Völker, welche eine so hohe Stufe der Kultur erstiegen, gingen an dieser welterschütternden Erfindung vorüber, gingen unter, ohne daß sie ihnen aufgegangen wäre — sie blieb ihnen das Ei des Kolumbus.

Erst Gutenberg's ernstem sinnendem Geiste war es vorbehalten die Größe und Weltbedeutung der Buchdruckerkunst zu erfassen und mit der Hingabe seines ganzen Lebens sie der Menschheit als ein Geschenk Gottes darzubieten.

Doch kehren wir zu unserer Erzählung zurück. Gutenberg beobachtete mit der gespanntesten Aufmerksamkeit die einzelnen Arbeiten in dieser Bücherwerkstätte, und kaum minder aufmerksam sah ihn sein Begleiter an.

„Es bedünkt mich, daß unser Schaffen hier Euch gar sehr interessirt?" nahm der Pater nach längerem

Schweigen das Gespräch wieder auf. „Ueberhaupt kommt mir Euer ganzes Wesen als ein sehr ernstes und stilles vor. Ihr würdet Euch meines Erachtens besser für das Kloster als Weltleben passen, das heißt für ein solches, wie es hier bei uns herrscht, wo Wissenschaft, Frömmigkeit, humaner Sinn und ein guter Haushalt Hand in Hand mit einander gehen."

„In mancher Hinsicht mögt Ihr Recht haben, ehrwürdiger Vater," erwiderte Johann nach kurzem Sinnen. „Ich könnte mich schon entschließen, jahrelang in einer Zelle zu verweilen, um ungestört nachzudenken, und dann in stiller Arbeit auszuführen, was mein Geist ersonnen. Allein, was zwischen festverschlossenen Mauern sich entwickelt, findet nicht leicht den Weg in die Welt hinaus, — und mir ist es eben einmal so — zürnt mir darob nicht, frommer Vater, daß nur die Arbeit und das Wissen recht, und von Gott gesegnet sei, was zum Nutzen und Frommen Aller ist."

„Nicht Alles, junger Mann," fiel der Pater schnell ein, „taugt für die gesammte Menschheit und ist viel besser hinter Schloß und Riegel im Schooße der Mächtigen und Großen oder in heiligen Mauern geborgen. Besonders ist dies bei Wort und

Schrift der Fall. Damit ist es ein gar gefährlich
Ding und wohl weise zu überlegen, wie weit es für
das Allgemeine taugt. Ist doch selbst die heilige
Schrift, das Wort Gottes, so wie es die heiligen
Propheten niedergeschrieben, nicht geeignet, in Jeder=
manns Hände zu kommen, und weise Kirchenväter,
fromme und gelehrte Männer haben zu wachen, daß
den Einfältigen keine Speise zu Theil wird, die sie
nicht zu verdauen vermögen. Die Weisen und Er=
leuchteten sind die von Gott eingesetzten Hüter der
Seelen, die Mächtigen das Haupt, das denken und
herrschen muß über die einzelnen Glieder des Kör=
pers. Was sollen Dinge den Menschen, die sie nicht
verstehen? Forschung und Gelehrsamkeit sind am
besten in verwahrten Schränken aufgehoben. Wen
sein Geist, wie Euch, antreibt, sie zu schauen, der
komme zu uns, und wen es verlangt, sie näher ken=
nen zu lernen, der bleibe bei uns. Die Welt ist
seine Station nicht."

„Das meint Ihr wirklich so?" fragte Johann
zweifelnd.

„Derjenige, welcher zu viel Wissen in der Welt
verbreiten will," fuhr der Pater mit Salbung fort,
indem er einen langen Blick auf Gutenberg warf,

„wird selten ein Kind des Glücks. Man glaubt ihm entweder nicht, oder spottet seiner, oder man betet ihm eine kurze Weile nach, so lange es Vortheil zu bringen scheint, ist's aber damit nicht so recht gut bestellt, läßt man den Narren laufen, der weiser sein wollte als Andere. Drum hüte dich, mein Sohn, vor solchem Gelüste, sonst könnte der Stern deines Lebens schon im Morgenroth desselben untersinken. Willst du der Gelehrsamkeit leben, wähle die stille, verborgene Zelle dazu. Glaube meiner Erfahrung, zu viel Wissen taugt in der Welt nichts."

„Eure Lehre enthält viel Weisheit," erwiderte Johann. „In stiller Zelle kann mancher Gedanke zu schneller Reife gelangen, der im Strubel des Lebens entflieht. Ich aber möchte doch vorerst die Welt ein wenig ansehen; allein wer weiß, vielleicht kehre ich einst zu Euch zurück, frommer Vater und bitte um Eure allerkleinste Zelle für mich und meine Gedanken."

„Du sollst willkommen sein, mein Sohn, und nicht allein weil du von edler Abkunft bist, nein, nur um deines ernsten, frommen Auges willen. Lebe ich noch, wenn du an die Pforte dieses Klosters klopfen solltest, wird sie ungesäumt, wie heute zu gastlichem

Empfange, sich dir auch gerne für immerdar öff=
nen."

„Es ist gut hier wohnen," fiel der niederlän=
bische Maler ein, der das Gespräch Gutenberg's
mit dem Pater aufmerksam verfolgt hatte. „Eber=
bach ist ein frommes und dabei ein gastliches Haus;
und wie es nach Förderung des Geistes strebt, ist
unsere Werkstätte Beweis genug. Allein ich sehe
Euch wohl an, Junkherr, daß es Euch mehr in die
Welt hinaus, als in die Klostereinsamkeit verlangt
— und für Eure Jahre habt Ihr ganz Recht. Ver=
gebt, frommer Vater," wandte er sich an den Mönch,
„daß ich dies so gerade heraus sage. Allein so schön
es auch bei Euch ist, ist es doch in der Welt brau=
ßen noch schöner, das heißt so lange uns die Jugend
lacht, und ich versichere Euch, ein ernster Sinn
findet vieles Wissen dabei. Doch wohin geht denn
Euer Weg, junger Herr, wenn ich fragen darf?"

„Noch bin ich mir darüber nicht ganz klar," er=
widerte Gutenberg; „vorerst denke ich rheinabwärts
zu ziehen bis gen Holland. Dort soll, wie ich ver=
nommen, die Briefdruckerei schon viel weiter gediehen
sein, als bei uns zu Land. Wißt Ihr mir nichts
Näheres darüber mitzutheilen?"

„Nicht besonders viel — doch vielleicht genug für Euch," erwiderte der Maler gefällig. „Als ich vor einem Jahre Holland verließ, mein Glück in Deutschland zu versuchen, war viel von den gedruckten Heiligenbildern mit Reimen und Sprüchen die Rede, die ein Küster in Harlem verfertigte. Er halte seine Kunst sehr geheim, hieß es und betreibe sie ganz allein, weshalb er nur Weniges zu Stande bringe; doch was er schaffe, sei bis jetzt von keinem Andern erreicht worden."

„Also in Harlem und ein Küster?" fragte Johann aufmerksam.

„Ja, ja. Lorenz, der Küster an der Parochialkirche dort."

„Ich danke Euch für diese Kunde."

„Grüßet mir dafür mein Heimathland!"

„Zieht nicht in die nebligen Gefilde Hollands," fiel der Pater ein.

„Haltet ihn nicht davon ab, ehrwürdiger Pater," entgegnete der Maler. „In den Niederlanden scheint die Sonne eben recht helle."

Der Pater warf einen etwas unzufriedenen Blick auf den Maler, dessen Kunst dem Kloster von grö-

ßerem Nutzen war als seine Reden und sagte schnell
zu Gutenberg:

„Bor Allem, edler Junkherr, kommt jetzt in's
Refectorium, denn Eure Jugend verlangt noch etwas
anderes als geistige Speise. Füllen wir Alten doch
selbst einen großen Theil unserer Zeit mit Befriedi-
gung leiblicher Bedürfnisse aus, um wie viel mehr
ist's Euch von Nöthen, der Ihr dasteht in der Fülle
Eurer Kraft. Kommt, Junkherr Gutenberg, laßt
uns drum sehen, was Küchen- und Kellermeister Euch
vorzusetzen haben."

7.

Als es auf dem Waſſer zu dunkeln begann und nur noch einzelne Streifen des erblaſſenden Abend= rothes ſich darin ſpiegelten, fuhr der Nachen, wel= cher Johann und Kuno trug, langſam weiter ab= wärts. Nicht weit von dem Ufer entfernt, erhob ſich der Johannisberg mit ſeinem Kloſter; und wei= ter abwärts in der Mitte des ruhigen, ſpiegelglatten Stromes tauchte dunkel eine Inſel auf. Kuno noch erregt von dem feurigen Getränke, das ihm der Kellermeiſter der gaſtlichen Abtei ſo reichlich geſpen= det, zeigte wenig Sinn für die ernſte Schönheit der ſtillen, abendlichen Landſchaft, und plauderte, als ob er es zu ſeinem Studium gemacht hätte, über die Weinkultur des Rheingaues, deren Entſtehung er den Römern zuſchrieb. Gutenberg jedoch wollte Karl den Großen als den Gründer derſelben anerkannt

wiſſen, der von ſeinem ſchönen Ingelheim aus auf
die ſonnigen Berge des Rheingaues herübergeſchaut
und mit ſeinem mächtigen Geiſte den Reichthum ihres Bodens erkannt, mit ſeiner mächtigen Hand
ihre ſteilſten Anhöhen zu bepflanzen und ſelbſt ihre
ſteinigten Abhänge mit Erde zu bekleiden gewußt.
Kuno jedoch beharrte dabei, daß die genußſüchtigen
Römer den erſten Wein von den Bergen des Rheines
getrunken — Karl der Große nur in ihre Fußtapfen
getreten ſei und die Weinkultur durch Reben aus
dem Süden verbeſſert habe. Seinem Beiſpiele, ſetzte
er lachend hinzu, folgten die frommen Bewohner
der Klöſter, in deren Pflege dieſer lohnende Kultur-
zweig am beſten gedieh, denn erſt durch ſie wurden
die feinen Weine erzielt, die ihnen nun ein bedeu-
tender Handelszweig, dadurch eine ergiebige Geld-
quelle und zugleich die Würze ihres klöſterlichen Lebens geworden ſind.

Der letzte Schein der Sonne nahm von dem
Himmel Abſchied, dafür leuchtete ein Stern um den
andern aus ſeiner blauen Höhe herab und beſah
ſein glänzendes Angeſicht in der dunkeln Fluth. In
dem dämmerigen Abend verſchwammen die Umriſſe
der nahen Berge zu einer gigantiſchen Maſſe und

die kleine Insel streckte sich wie ein Riese vor dem Schifflein aus. Ein eigenthümlich säuselnder Luftzug strich über sie hin und umwehte die Reisenden.

„Das ist der Wisperwind," erklärte ernsthaft der alte Schiffer. „Seit ewigen Zeiten bringt er zwischen Tag und Dunkel den Gruß des untern Rheingaues der Lützelau und mahnt die Bewohner hier oben an die gemeinsamen Rechte und Freiheiten, die seit undenklichen Jahren das Volk zwischen jenen Bergen und diesem Strome besitzt — besessen," setzte er leise und klagend hinzu.

„Ich denke, Euer altes Gaugericht ist nur in die Städte verpflanzt, nicht aufgehoben worden?" schaltete Kuno ein.

„So aber wird's verschleppt," seufzte der alte Mann, „daß davon zuletzt nichts mehr übrig bleibt, als das Angedenken daran. Jene Aue dort," fuhr er fort, nach dem dunkeln Riesenkörper in der sternglänzenden Wasserfläche zeigend, „ist nur noch das Grab seiner einstigen Größe und Bedeutung zu nennen. Dort hat mein junges Auge Tage geschaut, die leider dahin sind für immer; — Tage, in denen das Volk sich selbst zu Gericht saß, als sein alleiniger Herr und die Mächtigen und Vornehmen sich beug-

ten vor des Rheingauers uralten Rechten und Freiheiten; selbst unser gewaltiger Erzbischof schickte seine
Abgesandten, um vom Volke seine Rechte und Privilegien anerkannt und beschützt zu sehen. Da konnte
der Vornehmste wie der Geringste ohne Scheu und
Furcht seine Beschwernisse vorbringen, die Stim-
menmehrheit sprach ihm Recht oder Unrecht zu. Das
Volksgericht war ein Gottesgericht. Niemand wagte
es, sich seinem Ausspruche zu widersetzen. Solche
Tage, ihr Herren, gaben Entschädigung für herbe
Zeiten, für Kriegsnoth und unrechtmäßige Gewalt.
Auf der Lützelau schüttelte der Rheingauer immer
wieder das Joch ab, das man zu Zeiten ihm auf
den freien Nacken gelegt. Jetzt aber ist's still geworden da drüben auf der Gerichtsstätte im Rhein,
ganz stille, ihr Herren. Die Tage des Volksgerichts
sind von hier in die Städte gewandert, und dort
singt man ihnen ein Hajo, popeio, daß sie einschla-
fen, um nimmer aufzuwachen. Die neue Zeit
wolle es so, hört man sagen, und die Jugend glaubt's,
— aber wer, wie ich, die Tage der Lützelau geschaut, der kann sich nicht drein finden und sein
Herz schwillt auf vor Leid und Grimm, so oft er
ihrer gedenkt — und seht, ihr Herren, meine Hand,

die noch fest und kräftig ist, zittert am Ruder, wenn ich hier vorüber steure, und mein Auge, das Thränen nicht kennt, wird naß, sobald es das Grab erblickt, welches des Rheingauers Freiheiten und Rechte nur noch als ein Denkmal an Dahingegangenes zeigt."

Johann sah theilnehmend auf den klagenden alten Mann, doch Kuno fiel in seltsamer Heftigkeit ein:

„Das Alte kann nicht ewig leben! Wer wird um Dahingegangenes trauern? Aus Moder und Verwesung entkeimt neues Leben. Auch du wirst einst sterben, Alter, dafür blüht eine junge Kraft in deinem Enkel auf — das ist der Lauf der Welt nach ewigen Gesetzen."

„Ich verstehe Eure Rede nicht recht, Herr oder Diener, was Ihr seid," erwiderte der Alte. „Doch will mich bedünken, daß Ihr damit sagen wollt, das Alter müsse der Jugend Platz machen, und darin habt Ihr freilich Recht, allein des Alters Weisheit dürfte die Jugend sich wohl zu Gemüthe führen, statt sie, wie es häufig geschieht, mit diesem in's Grab zu legen."

„Auch das muß sein, Freund Schiffer, weil Ju-

genb und Erfahrung weit auseinander laufen. Darum aber stirbt die Weisheit des Alters nicht aus,
wenn man sie oft auch scheinbar zu Grabe bettet.
Ist sie wirklich brauchbare Weisheit, so lebt sie mit
der Welt fort, in einem steten Verjüngungsprocesse,
der freilich mitunter recht schwierig wird, bis er zur
rechten Läuterung gelangt. So ist's wohl auch mit
deinem alten Gaugerichte beschaffen. Drum tröste
dich, graues Haupt. Schmeckt's dir gleich bitter
jetzt, daß die alte einfache Gesetzgebung auf tausen-
derlei Abwege geräth, spätere Zeiten werden das
klären, und was nicht du und dein Enkel erlebt,
gedeiht deinen Urenkeln zum Heile. Drum wirf
deine melancholischen Grabgedanken über Bord und
steure zum Lande hinüber, statt grabe aus, dem trau-
ernden Denkmal deiner gepriesenen alten Gauver-
fassung zu; denn wir sollen doch wohl nicht auf jenem ehrwürdigen Eilande übernachten?"

Der Steuermann warf einen fragenden Blick
auf Gutenberg und dieser sagte zu Kuno, daß er
beschlossen habe die Nacht auf der Lützelau zuzu-
bringen, — es finde sich eine gute Herberge da,
auch verlange ihn, den geschichtlich so merkwürdigen
Boden zu betreten, der Jahrhunderte hindurch die

großen Volksversammlungen des Rheingaues geschaut, in denen auf die einfachste und redlichste
Weise Gericht gehalten und jedem sein Recht zuge-
sprochen worden sei. In wenigen Stunden hätten
sich hier stets die streitigen Dinge zur Zufrieden-
heit der Betheiligten geschlichtet, und dem Verbre-
chen sei die gerechte Strafe zuerkannt worden, während jetzt die Gerichtsbarkeit in langsame Prozesse
und Förmlichkeiten überzugehen drohe, worunter der
arme Mann leide und dem Reichen gegenüber immer weniger sein Recht sich wahren könne.

Kuno sah einige Augenblicke ernsthaft das dunkle
Eiland an, dem der Kahn rasch sich nahte, dann
aber sagte er in leichter Weise:

„Mögt Ihr recht sanft auf diesem wasserum-
schlossenen Boden großer Erinnerungen ruhen, mir
aber vergönnt, am Lande drüben die Nacht zu ver-
bringen. Lorenz, rudere mich hinüber, ich lenke an
des Alten Stelle das Steuer und morgen mit dem
frühesten sind wir wieder an der Insel. Der Bube
mag sich sein Lager im Kahne zurecht machen und
ich — nun ich — ich lasse mich leiten von Nach-
tigallenschlag durch Blüthenbüsche zu dunkler Augen
Pracht.‟

Johann warf einen warnenden, fast bittenden
Blick auf seinen Gefährten, doch dieser schien ihn
nicht zu verstehen, denn kaum hatte der Nachen
an der Insel angelegt, und Johann war ausgestie-
gen, als er scherzend den Alten vom Ruder hinweg
und hinausdrängte und Lorenz ermahnte, rasch nach
dem jenseitigen Ufer zu rudern. Dort angelangt,
warf er sich in sein Spielmannshabit, stülpte keck
die Kappe mit der Pfauenfeder auf die kurzen, blonden Haare und hing die Fidel um. Lorenz sah ihm
verwundert zu und fragte, was er denn vorhabe
in dieser Nacht.

„Das möchtest du gerne wissen, junge Neugierde?" erwiderte Kuno lustig und sang:

> „Ich eil' zu Lieb' und Lust und Wein
> In's Klösterlein
> Am Rhein, am Rhein."

„Ei sieh doch," lachte der Knabe pfiffig und
schnalzte mit dem Finger. „Da geht ihr wohl dort
hinauf in's St.-Johannis-Kloster und spielt den
lustigen Mönchen ein Tänzchen auf? Oder wohl gar
ihren frommen Schwesterlein in der Klause unten?"

„He Bube, was weißt du davon?"

„Ei davon weiß jedes Kind im Rheingau zu er-

zählen, und ich, Herr Spielmann, habe die Kinder=
schuhe längst ausgetreten — werde darum auch
wohl etwas von den Geschichten wissen dürfen, die
über das St.=Johannis=Kloster und seine Klause ver=
lauten."

„Denke nicht viel darüber nach, Knabe," warnte
der Spielmann ernster, als sonst seine Weise war.
„Schlafe gut, und wenn du träumen mußt, so lasse
es von Engeln und nicht von Nönlein sein."

Damit war er schnell unter den Bäumen ver=
schwunden. Lorenz sah eine Weile nachdenklich in
das dunkle Feld hinein. Des Spielmanns nächtliche
Wanderung reizte des Knaben Neugierde, doch bald
rieb er sich die Augen und fand es räthlich, ein
möglichst bequemes Lager auf dem Boden des Kahnes
sich zu bereiten. Als dies geschehen, streckte er sich
müde darauf aus, faltete die Hände und murmelte
sein gebräuchliches Nachtgebet. Doch mitten in die=
ser Andacht überfiel ihn der Gedanke, die Sterne
zu zählen und er riß die bereits halb geschlossenen
Augen wieder weit auf; allein kaum hatte er mit
dem kühnen Versuche begonnen, als die glitzernden
Himmelslichter in unsicherem Gefunkel zu ihm nieder
flimmerten. Eins — zwei — drei — zehn — hun=

dert — tausend — murmelte er — und neckisch
gleich Irrlichtern tanzten die Sternlein um ihn her,
bis sein Auge sich schloß, und zwar so fest, daß er
selbst das Träumen vergaß. Nur zuweilen, wenn
gar zu heller Sternenstrahl seine Augenliber berührte,
machte er eine unruhige Bewegung und dann huschte
wie ein verschwommenes Traumbild, die zarte Gestalt des rosigen Kindes von Eltwill an seinem schlaf-
umfangenen Geiste vorüber.

Kuno schritt indessen so sicher, als sei er mit
der Gegend wohl bekannt, durch die dunkle Ebene
einer Anhöhe zu, von deren Gipfel einige Lichtstrah-
len herab drangen. Sie dienten ihm zur Richt-
schnur seines Weges, doch zogen sie ihn nicht den
Berg hinauf. An seinem Fuße angelangt, ging er
an demselben hin, bis er eine Mauer erreichte, die
von drei Seiten ein Haus umschloß, das still und
dunkel kaum erkennbar war. Er stieg längs der
Mauer hin etwas aufwärts. Gesträpp und Steine
machten dies sehr unbequem und Kuno hatte Mühe
sich hindurch zu winden. Da wo die Mauer eine
Ecke bildete, war ein tiefer Graben gezogen, hinter
dem die Weinpflanzungen in die Höhe liefen und der
zugleich die Mauer, die das Haus umgab, davon

schieb. Kuno ließ sich vorsichtig in den Graben
hinabgleiten und ging in demselben weiter, bis er
an dichtem Buschwerk anlangte, das jedes Vorwärts-
kommen zu verbieten schien. Doch ungesäumt bog
er die Zweige, welche an der Mauer aufschlugen,
noch vorn und drängte sich zwischen ihnen durch.
Nach wenigen Minuten mühsamer Wanderung ge-
langte er an ein niederes Thürchen, das er jedoch
nur durch seinen Tastsinn an der Mauer unterschei-
den konnte. Schon erhob er die Hand, um anzu-
pochen, als es verdächtig hinter ihm rauschte und
er sich an der Schulter fest gepackt fühlte.

„Wer bist du, Geselle? Und was willst du hier?“
fragte eine dumpfe Stimme und eine vermummte
Gestalt drängte sich dicht neben Kuno.

Dieser sah mit scharfem Blick auf seinen Feind,
dann antwortete er keck:

„Ich bin zum Schmauße geladen, wie Ihr, ehrwürdiger Vater.“

„Schweig Schelm, oder ich erwürge dich,“ war
die unsanfte Antwort, doch Kuno ließ sich nicht ein-
schüchtern und fuhr trotzig fort:

„Laßt mich los, Mensch oder Pfaffe, was Ihr
sein mögt. Ich denke, wer diese Pforte zu finden

weiß, hat auch ein Recht, durch sie einzugehen zu den himmlischen Freuden, die in der frommen Klause den Wallfahrer erwarten, der durch Nacht und Graus ihre Mirakel aufzufinden kommt."

„Sage, wer bist du und wie nennst du dich? Denn du kommst nicht —"

„Von der Höhe?" fiel Kuno ein. „Nein, ich komme aus dem Thale und habe keine so bequeme Station hier in der Nähe wie ihr; — ich bin ein unsteter Wanderer — Kuno, der fahrende Spielmann, der schon einmal da drinnen aufgespielt, und es heute wieder thun möchte."

„So — wer rief dich dazu?"

„Schwester Gisela."

Der Vermummte ließ wie in großer Ueberraschung Kuno los und stammelte:

„Nicht möglich," dann aber packte er ihn schnell wieder und sagte:

„Du lügst, Hallunke. Schwester Gisela verläßt seit Wochen ihre Zelle nicht — und ist — doch das gehört nicht hieher — sprich, wer rief dich zum nächtlichen Feste?"

„Schwester Gisela," versicherte Kuno abermals.

Der Vermummte schüttelte ihn ein wenig und fragte ungläubig:

„Auf welche Weise, sag' an, gab sie dir Kunde davon?"

„Durch die Luft, neugieriger Herr. Gisela hat Verkehr mit Geistern. Höhere Mächte stehen ihr zu Gebot."

„Auch davon bist du unterrichtet, wie lange ist es denn her, daß du da drinnen warst?"

„Zwei Monde wird's sein. Der erste Storch klapperte grade auf der Kirche des nächsten Ortes."

„Damals war sie noch frisch und munter. — Warst du seitdem nicht mehr hier?"

„Bei meiner Seele nicht."

„Das ist wunderbar. Doch komm', ich sehe, ich werde dich doch nicht wieder los."

„Gewiß nicht," versicherte Kuno und drängte den Vermummten zur Seite und klopfte dreimal in eigen= thümlicher Weise an die kleine Pforte.

„Auch das verstehst du?" rief der Vermummte verwundert. „Wer lehrte es dich?"

„Mein scharfes Gehör, das darauf merkte, als ich eine Nacht hier zubrachte. Ihr seht, ich bin ein Eingeweiheter und habe geschworen, die Geheimnisse des stillen Hauses für Träume zu halten, die der Tagesstrahl aus dem Gedächtnisse wischt. Doch horcht, der Riegel knarrt, das Pförtchen öffnet sich und hinter uns vernehme ich das Geräusch noch anderer Wallfahrer. Machen wir ihnen Platz."

Kuno schlüpfte durch die geöffnete Pforte, der Vermummte ihm nach, Andere schienen zu folgen, doch wurde dem Spielmann keine Zeit vergönnt, darauf zu achten. Völlige Dunkelheit umgab ihn und nachdem er seinen Begleiter leise flüstern gehört, faßte eine weiche warme Hand die seine und leitete ihn über steile Treppen durch dunkle Räume, bis plötzlich heller Lichterglanz sein Auge blendete.

„Du bist's, Kuno, der fahrende Spielmann, sei willkommen," begrüßte ihn jetzt seine Führerin, und sah ihn aus dunkelm Schleier neugierig an. „Wer hat dich hieher gerufen?"

Er legte bedeutungsvoll den Finger an den Mund und zeigte auf mehrere Gestalten, welche in leisem Gespräche einen Gang durchwandelten, der das Gemach umgab, in das seine Führerin ihn geleitet hatte und nur durch eine niedere Brüstung mit schlanken Säulen davon getrennt war. Das Ge-

mach selbst war nieder, doch geräumig und hatte keine
Fenster. Es schien im Mittelpunkt des Hauses zu
liegen und war durch den schmalen Gang, der es
von allen Seiten umgab, von den andern Räumen
desselben getrennt und damit verbunden. In den Gang
mündeten viele Thüren, durch welche Luft und Licht
aus anderen Gemächern hieher geleitet werden konn=
ten. Jetzt aber waren alle verschlossen und so die
Stube vor jeder Berührung von Außen geschützt.
Der Lichtstrahl, welcher sie erhellte, konnte nicht
hinaus bringen und für frische Luft, die ihm von
Außen Noth that, schien vorher gesorgt worden zu
sein; was daran mangelte, war durch Blumendüfte
ersetzt. Bunte Guirlanden drappirten den offenen
Raum, zwischen den Säulen und auf der niedern
Brüstung, welche sie trugen, standen Blumentöpfe,
wie auch in der Mitte der Tafel, die die ganze Länge
des Gemachs durchschnitt, sich in buntgemalten Ton=
gefäßen mächtige Blumensträuße befanden. Die Ta=
fel war mit blendend weißem Linnen bedeckt, und
blanke Becher und Teller standen darauf. Bänke,
mit weichen Polstern belegt zogen sich darum her,
oben und unten standen breite Lehnsessel. Auch
längs der Brüstung waren kleine Bänke und Tische

angebracht und auf ähnliche Art hergerichtet, wie die große Tafel.

An dem kleinsten dieser Tischchen wies Kuno's Führerin ihm einen Platz an und entfernte sich dann.

Der Gang füllte sich indessen immer mehr mit dunkeln Gestalten, doch außer Kuno betrat Niemand das große Gemach. Auch herrschte eine auffallende Schweigsamkeit unter den außen Umherwandelnden; man vernahm nur leises Flüstern, und hin und wieder Töne, wie von gewaltsam zurückgehaltenem Lachen. Mehrmals jedoch traf ein flammender Blick aus den dicht zusammengehaltenen Schleiern den Spielmann, und auch sein Auge folgte mit brennendem Verlangen den umhüllten Gestalten. Da schlug es Mitternacht, — und ein helles Glöcklein rief zu nächtlicher Andacht. Kaum jedoch war sein letzter Klang verstummt, als es in dem Gange laut wurde und singend und jubelnd die darin Umherwandelnden in das hellbeleuchtete Gemach stürmten. Dampfende Schüsseln und volle Humpen wurden zu gleicher Zeit hereingetragen; — Kapuzen und Schleier fielen zurück und begehrliche Blicke schauten aus lachenden Gesichtern, die kurze, flatternde Haare umwallten oder von einem schmalen Kranz dieses natürlichen

Schmuckes umgeben waren. Scherz auf Scherz
würzte das üppige Mahl, begleitet von den fröh-
lichsten Weisen des fahrenden Spielmanns. Feine
Hände reichten ihm dafür Trank und Speise, auch
zärtliche Blicke lugten keck nach ihm, doch Kuno
nippte kaum an dem perlenden Weine, die leckeren
Gerichte ließ er unberührt und für die verlangenden
Grüße schöner Augen hatte er keine Erwiderung.
Sein Blick irrte unstät umher und hing sich zuweilen durchdringend an die verschlossenen Thüren, welche
in den Gang mündeten — doch keine derselben wollte
sich öffnen. — In der Halle wurde die Lust immer
rauschender, seine Melodien mischten sich immer wilder damit und rissen die trunkenen Paare in wirbelnden Kreisen um ihn her. Da stahl sich Morgenluft durch die Mauerritzen ein, die Lichter erlo-
schen, und es wurde still und leer in dem dunkeln
Gemache. Nur der Spielmann saß noch hinter dem
kleinen Tische, doch auch er war erschlafft, sein Arm
hing lässig an seiner Seite herab, die Fibel lag am
Boden, sein müdes Haupt auf dem Tische, und durch
seine Zähne knirrschte es dumpf: Gisela — Gisela —
dann rührte er sich nicht mehr. War er entschlummert
— oder sein Geist in andere Räume enteilt?

Nach einer Weile schlich eine weiße Gestalt, von
schwarzem Schleier umhüllt, unhörbar durch den
schmalen Gang. Sie trug eine kleine Leuchte, welche
eine kaum bemerkbare Helle in dem weiten Gemach
verbreitete, das angefüllt mit den Trümmern eines
bachantischen Mahles wüst und öde aussah. Die
Nonne näherte sich dem Spielmann und hielt das
kleine Licht über sein Haupt. Ihre Augen, die in
tiefem Glanz aus der dunkeln Umfassung, wie zwei
prächtige Sterne aus düstern Wolken, auf ihn nie-
derblickten, hingen sich einige Augenblicke schmerzlich
an ihn, dann fuhr sie sich über das bleiche Antlitz,
als wolle sie den Eindruck verwischen, den sein Anblick auf sie machte. Ein bitteres Lächeln verzog
ihren schönen Mund, als sie nach kurzer Pause ihre
Hand auf sein Haupt legte und mit dumpfer, doch
durchbringender Stimme ihn fragte:

„Warum kommst du wieder, lustiger Geselle?"

Er fuhr empor und starrte sie einige Augenblicke
sprachlos an, dann griff er heftig nach dem Stricke,
der ihr weißes Gewand zusammenhielt, zerrte daran
und murmelte leidenschaftlich;

Du bist's, Gisela? Doch warum so spät? Warum
kommst du erst jetzt, wo der Morgen graut und ich

scheiden muß? Ist mir doch, ich höre schon den schlür-
fenden Tritt der alten Pförtnerin, die mich von hinnen ruft. Drum schnell, ehe es zu spät wird —
küsse mich, Geliebte — lasse mich noch einmal dich
küssen — küssen — und dann scheiden für immer."

Er wollte sie an sich ziehen, doch sie bog gebieterisch ihre hohe Gestalt zurück und sagte mit fester
Stimme:

„Lasse mich, Kuno. Meine Leidenschaft ist zu
Grabe gegangen seit jenen Stunden, die du hier
zugebracht. Ich war eine Thörin, dich anzurufen,
als du singend hier vorüberzogest, und die Pforte
dir zu öffnen, welche dich in Geheimnisse schauen
ließ, die besser dir verborgen geblieben wären. Du
hast erkannt, was aus Gisela geworden, die du geliebt, und hast ihre reine Liebe zur Leidenschaft ent-
flammt, hast sie mit fortgerissen in dem sündhaften
Strudel dieses Hauses, das nicht dem Himmel, das
der Hölle geweiht ist. Und doch hatte ich mir ein
Heiligthum darin bewahrt, ehe ich in dir, dem fahrenden Spielmann, Kuno wiedererkannte, jenen Jüngling, der einst mit süßer Liebe mein Herz erfüllte,
und mit holden Worten meinen beschränkten Geist
in weite Räume blicken ließ. Sein Bild war der

Heilige, zu dem ich betete, zu dem ich um Verge-
bung flehte nach den Stunden der Sünde, in die
Verführung und das jugendlich wallende Blut mich
stürzten. Du throntest über mir, ein reiner Stern
— ich hatte noch Etwas, an das ich glauben konnte
— da sah ich dich wieder — sah, daß du mir
gleich geworden und ließ von deiner Leidenschaft
mich fortreißen. — Mein einziges Glück ging damit
verloren. Es wurde ganz öde in meinem Innern —
ich hatte keinen Heiligen mehr, zu dem ich beten
konnte — keine Stelle in meinem Herzen mehr, die
heilig war — das fühlte ich, als du schiedest und
beschwor dich, nie mehr wiederzukehren. — Und
dennoch thust du es, noch einmal meine Schmach
zu sehen! die Himmelsbraut von irdischem Schmutze
befleckt. O, du bist grausam, barbarisch! — deine
wilden Lieder, deine lustigen Weisen drangen wie
Höllenluft in meine verschlossene Zelle, in der ich
seit Monden mit den bösen Geistern meines Lebens
ringe. Sie wollen mich immer wieder zur Sünde
verleiten, aber meine Thränen, meine Gebete und
Kasteiungen bekämpfen ihre höllische Macht. Sieh
her, Kuno," fuhr sie fanatisch fort, indem sie das
umhüllende Gewand von ihren Schultern riß, "wo

Spuren tiefer Wunden sich zeigten, „sieh her, Gisela
kämpft ohne Unterlaß gegen die Sünde an, sie kasteit
und geiselt sich seit der Zeit, wo du eine Gefallene
in ihr gefunden."

„Gisela, Unglückliche!" rief Kuno tief erschüttert,
„dein Geist versinkt in Wahn. Ich will dich ret=
ten vor dir selbst. Ich liebe dich — liebe dich
noch immer. Entfliehe diesem Hause — folge dem
fahrenden Spielmann als Gefährtin durch die Welt,
die uns beide mißhandelt."

„Nimmermehr kann dies geschehen," erwiderte
sie melancholisch. „Oeffnet sich auch in heimlicher
Stunde die Pforte dieses Hauses der Sünde, so
doch nie der Freiheit Denen, die seine Mauern um=
schließen. Und was sollte Gisela auch noch in der
Welt? Aus der Waldeshütte wurde sie hieher ge=
führt, — damals rief sie vergebens nach dir, —
jetzt kannst du sie nicht mehr beschützen, nicht mehr
erretten, — draußen wäre sie ganz verloren, hier
bleibt ihr die Hoffnung noch, zum Himmel empor=
zuklimmen — denn oft schon nahten der Reuigen in
stiller, nächtlicher Stunde gute Geister. Wohl ha=
ben die Bösen noch die Oberhand, aber ich werde
mit Hülfe der guten Engel sie endlich besiegen. Kuno,

und dann — dann —" sie neigte sich näher zu ihm
und sprach leise, fast geisterhaft: „dann kann die
Gefallene noch eine Heilige werden, gleich jener
Magdalene, die der Herr begnadigt hat."

Kuno sah mit Schrecken auf die bleiche Nonne,
in deren Augen ein unheimliches Feuer glühte, deren
Hand heiß und zitternd in der seinen lag.

„O, wärest du nie hieher gekommen!" rief er
klagend aus.

„Hast du mich nicht verlassen, als ich in rei=
ner Liebe dir anhing?" erwiderte sie trübe, dann
fuhr sie lispelnd fort, wie von Erinnerungen un=
widerstehlich hingerissen: „Als du mir für das alte
Weib Kräuter sammeln halfst und die schönsten Blu=
men mir im Walde suchtest, unter der großen Eiche
neben mir saßest und mir schöne Mähren erzähltest,
mich lesen und schreiben lehrtest, und ich mit dir
Lieder sang, daß alle Vögel sich freuten und jubelnd
in unsre Weisen mit einstimmten; und du mir
deine Jagdbeute brachtest und wir fröhlich in der
kleinen Hütte mit einander speißten, aus einer Schüs=
sel, mit einem Löffel aßen. O, wie das köstlich
schmeckte!"

„Ein Göttermahl, Gisela, von süßen Küssen ge=

würzt," fiel er ein und umfaßte sie feurig; — ihr
Haupt lag einen Moment an seiner Brust — dann
aber fuhr sie, wie in jähem Schrecken, empor, stieß
ihn zurück und sagte rauh:

"Hinweg, Kuno, hinweg — das ist Alles längst
vorbei. Jahre liegen dazwischen, seit der Himmel
uns entflohn und die Hölle sich mit uns verschwi-
stert hat."

"Noch sind wir nicht ganz ihr Eigenthum," fiel
Kuno rasch ein. "Komm, folge mir! Lasse uns mit
der Welt und der Hölle kämpfen."

"Dafür sind wir Beide zu sündhaft und zu
schwach," entgegnete sie zerknirscht. "Nur in ein-
samer Zelle, wenn gute Geister hülfreich uns nahen,
können wir noch zum Heile gelangen. Glaube mir,"
fuhr sie geheimnißvoll fort, "nach Gebet, nach Fa-
sten und Kasteiungen erschließen sich wunderbare
Welten unserem Auge, wir erschauen dann weite,
unendliche Fernen voll Engel und golbenen Lichtes
und sehen in die schwarze, geheimnißvolle Tiefe, wo
die bösen Geister hausen. Sie nahen sich, sie kämpfen
mit einander um die Seelen hienieden. Oh, es
ist ein schauriger Kampf, — mich reißen sie hin
und her, doch ich komme den lichten Höhen näher,

immer näher unter Qual und Pein. Drum Kuno,
willst du einst Gisela wiederfinden, so gehe in ein
Kloster und bete und faste und kasteie dich gleich ihr."

„Unseliger Wahn spricht aus dir, armes ver-
lornes Kind," sprach er schmerzlich erregt und faßte
ihre beiden Hände und drückte sie fest an seine Brust.
„Zerreiße das Gelübde, das dich an diesen unseligen Ort bannt," fuhr er flehend fort; — „komm,
entfliehe mit mir. Wir überraschen die schlaftrun-
kene Pförtnerin, — ich hülle dich in ein anderes
Gewand, — ein Nachen trägt uns von hinnen, —
ich beschütze dich, Geliebte."

„Du mich beschützen?" entgegnete sie langsam.
„Bist du denn noch Kuno vom Berg, der reichen
Rittersfrau einziger Sohn, der Erbe der stattlichen
Burg? Wohin willst du denn die Nonne führen,
daß man ihre Spur nicht entdecke, du fahrender
Spielmann, du vogelfreier Kumpan?"

Kuno bedeckte einen Augenblick sein Gesicht, dann
sagte er schnell:

„Lebe wohl; unsere Wege trennen sich für immer."

Ein schlürfender Tritt wurde vernehmbar. Gisela löschte die kleine Leuchte aus, und lautlos, wie
sie gekommen, war sie auch entschwunden. Eine

ältliche Nonne trat herein und mahnte Kuno, daß
es Zeit sei, zu gehen.

· „Die Vögel fangen schon an zu zwitschern,"
sagte sie. „Und sie dürfen Euch nicht verrathen.
Kommt, lustiger Geselle! — Hübsch reinen Mund
gehalten, und zieht Ihr einst wieder vorbei, klopft
nur dreimal an's Pförtchen, — Schwester Martha
öffnet es flugs."

Kuno warf noch einen schmerzlich suchenden Blick
in dem wüsten Raume umher. Doch umsonst, —
keine Spur zeigte sich von Gisela. Jeder Laut schien
aus dem Hause verbannt, in dem noch vor wenig
Stunden tolle Lust gelärmt — es war tobtenstill,
öde, dumpf, unheimlich; — ein Grauen überfiel
den Spielmann und eilends folgte er seiner Führerin an die geheime Pforte. Er athmete leichter,
als die stärkende Morgenluft ihn umwehte, und je
näher er dem Rheine kam, je weiter der Tagesstrahl die schöne Landschaft ausdehnte und mit dem
frischen Colorite neuerwachten Lebens schmückte, desto
mehr wich die schwere Last von seiner Brust, desto
elastischer wurde sein Tritt. Er badete sein Gesicht im Morgenthau und schüttelte und reckte seine
Glieder, als wolle er ihnen wieder neue Elastici-

tät geben. Als er an das Schifflein trat, in welchem Lorenz mit Wangen, so voll und roth, wie
die Gesundheit und Freude selbst, noch schlafend
lag, sah er eine Weile auf den glücklichen Jungen
nieder, und ein Gefühl von Neid wollte ihn be-
schleichen, doch schnell es überwindend, schüttelte
er den Knaben und rief heiter:

„Hollah, mein Junge, auf zur Fahrt abwärts,
dem sonnigen Rüdesheim zu!"

Der Bube rieb sich die Augen, sprang auf, griff
zu dem Ruder und bald hatten sie die Insel erreicht,
wo Johann und der alte Schiffer ihrer bereits am
Ufer harrten. Das Eiland lag im prächtigsten Grün
auf dem schillernden Wasser, seine uralten Bäume
und seine jungen Weidenbüsche bewegten sich stärker
von dem Wisperwinde begrüßt, der auch die Wellen
höher kräuselte, welche das Schifflein trugen. So
von frischem Morgenwinde angeweht, von frischem
Tageslichte angelacht, fuhr der Nachen langsam weiter abwärts den Bergen zu, die sich in einiger Entfernung steil erhoben und ihre dunkeln, bewaldeten
Gipfel in einander zu senken schienen.

„Ist es doch, als ob da unten des Stromes
Ende wäre und dort, wo die schroffe Ecke vor-

springt, ein weiter See sich bilde," sagte Gutenberg.

„Daß mächtige Wasser hat wohl einst sich hier gewaltsam Bahn gebrochen und jene Berge geschieden, die so vertraulich sich zu einander hinneigen," bemerkte Kuno.

„Aber die spitzen Felsen, des Schiffers Schrecken, hat die Sündfluth nicht weggeschwemmt, wenn sie auch die Berge auseinander gerissen hat," fiel Lorenz ein, der mit weitgeöffneten Augen Kuno's Bemerkung verwundert angestaunt, und wichtig fuhr er fort: „Die strecken quer über den Rhein ihre spitzen Köpfe heraus, daß es schäumt und sprudelt, als hause ein ganzes Heer wilder Hexen zwischen ihnen und braue die schlimmsten Zaubertränke dort."

„Böse Hexen meinst du hausen im Binger Strudel? Mit Nichten, mein Junge, hübsche Nixlein sind's, die verführerisch aus den leuchtenden Wellchen herausschauen, um solch schmucke Jugend, wie du bist, in ihre nassen Arme zu locken."

„Bedanke mich dafür. Bin zwar gerne bei hübschen Dirnen, doch ohne Gefahr für Leben und Freiheit," lachte Lorenz.

„Du mußt aber sehr auf deiner Hut sein bei

dieser erften Fahrt in die Welt," warnte Kuno ernft=
haft. „Gefahren aller Art bedrohen dabei die
Sterblichen, befonders hier auf dem Rheine ist's
eine bedenkliche Sache. Haft du noch nichts von
der Lorelei gehört und ihren verfteinerten Schweftern?
Auch ihrer Zaubermacht kannft du im Vorüberfahren
an jenen Felfen, die glühende Weiberherzen bergen, erlie=
gen. Schadenfrohe Gnomen reichen zum Verderben der
Menfchen ihrer verlockenden Zaubergewalt hülfreiche
Hand. Guter Junge, kehre lieber um zur ficheren
Heimath, denn nächft den überirdifchen Gewalten,
werden uns auch noch andere bedrohen. Es lauern
auf dem fchönen Strome gar mancherlei Gefahren
des Reifenden, denn find gleich die Burgen längs
des Rheines durch den Städtebund von Raub= zu
Schutzfchlöffern umgewandelt worden, liegt doch noch
in jenen Wäldern und Schluchten mancher gefähr=
liche Sitz, aus dem, gleich fchwarzen Raubvögeln,
geharnifchte Männer hervorbrechen, das eble Fauft=
recht zu handhaben, ehe es vollends zu Grabe geht
unter der knallenden Feuerwaffe und der fortfchreiten=
den Kultur."

„Man hört doch nicht viel mehr von rohen Ge=
waltthätigkeiten auf dem Rheine," fiel der alte Schif=

fer mit einem etwas zaghaften Blick auf seinen Enkel ein.

„Nur selten noch. Beruhigt Euch, guter Beilbeck," erwiderte Gutenberg, der den ängstlichen Blick des alten Mannes gesehen.

„Allerdings" fiel Kuno ein, „erleichtert man jetzt die Schiffe auf einem andern Wege, als dem des Faustrechts. Die Zollstation und das Schutzgeld sorgen schon dafür, daß sie nicht allzuschwer die Fluthen drücken. Gar viele Herren wollen den Säckel an den Ufern des Rheines füllen. Vier Churfürsten strecken die Hände darnach aus und recht bezeichnend ist die interessante Stelle im Rheine, wo sie zur Berathung solcher Dinge zusammenkommen. Jeder bleibt dabei im eigenen Fahrzeuge und mit demselben auf dem ihm gehörigen Wasserreiche sitzen. Zwar haben sie der Bequemlichkeit halber den Königstuhl bei Rhense erbaut, allein dort wird mehr über des deutschen Reichs Weh und Wohl abgehandelt, und über sein königliches Oberhaupt, das, wie die Mainzer Erzbischöfe sagen, sie in ihrer Tasche stecken hätten. Inmitten des Rheins, stolz jeder auf seinem Antheil sich befindend, reichen sie sich die Hände zu persönlichem Vortheile und berathen, wie der frei dahin fließende Strom am besten zu bannen sei."

„Drum heißt es auch wohl an manchen Stellen, das Bannwasser," fiel der alte Schiffer ein. „Die Rheingrafen schon benannten es seit alten Zeiten so. Sie hatten einst das alleinige Recht der Geleitschaft durch die wilden Gewässer und nur ein von ihnen bestellter Fährmann durfte die Schiffe abwärts steuern. Da ging's noch auf der linken Seite am Bingerloch vorbei; seit nun aber dem Erzbischofe von Mainz vom Kaiser das Recht mehrerer Zollstationen eingeräumt wurde, hat sich die Burg Ehrenfels erhoben und der graue Thurm im Rheine. Da wurden dann einige Felsen gesprengt und der schmale Fahrweg rechts gebahnt. Der Mainzer Herr hat sich den besten Antheil zu verschaffen gewußt. Schiffe und Waaren müssen nun doppelt bezahlen, denn auch die Rheingrafen wollen ihr altes Recht nicht ganz lassen, und thun's nicht ohne eine Abgabe. Hat man rechts den Ehrenfels passirt, wo man Zoll bezahlen muß, so hat man auch noch links Schutzgeld zu entrichten."

„Handel und Schifffahrt müssen schönen Gewinn bringen, sonst ginge das nicht so," bemerkte Kuno.

„Noch geht's, Herr Spielmann. Wenn's aber
so fortgeht, geht's zuletzt nicht mehr, dann würden
die Abgaben bald größer sein als der Gewinn,"
sagte der Schiffer. „Doch Herrenrecht ist Gottesrecht," setzte er ergeben hinzu. „Man darf nicht
darüber murren."

„He, Alter, und du murrst doch? denn dieses
Gottesrecht scheint deinem grauen Schädel nicht all-
zusehr zu behagen."

„Was, mir nicht recht behagen? Was geht das
mich an? Gebt dem Kaiser, was des Kaisers ist
und Gott was Gottes ist, steht in der Schrift.
Schenkt der Kaiser, was sein ist, andern Herren,
ist's seine Sache. Wir haben darüber nicht zu
murren."

Kuno wandte sich von dem alten Manne hinweg, setzte sich neben seinen Enkel und plauderte
mit diesem.

Gutenberg sah mit sinnendem Blicke in die schöne
Landschaft hinein. Am rechten Ufer zeigte sich bereits das sonnige Rüdesheim mit seinen grauen
Mauern und Burgen am Fuße seiner steilen Wein-
berge.

„Ragt nicht dort schon der graue Wächter des

Mainzer Erzbischofs hervor?" fragte Kuno, mit scharfem Blicke den Rhein hinabsehend.

„Ihr täuscht Euch. Das ist nur der untere Thurm der festen Binger Burg, die Klopp, ge- nannt," erwiderte Lorenz.

Kuno erhob sich und trat zu Gutenberg. Je weiter der Nachen abwärts fuhr, desto erregter wurde seine Stimmung, und sein Auge schien die Berge, welche schnell näher kamen, durchbohren zu wollen.

„Hinter jenem Bergesrücken liegt Burg Ehren- fels," sagte er zu Gutenberg und fragte ihn, ob er sie schon geschaut; als dieser es verneinte, fuhr er zu erzählen fort: „Es ist eine feste, gebieterische Burg, wie ihre Herren, die die Kaiser in der Tasche stecken haben, und ist ein Lieblingsaufenthalt der Mainzer Erzbischöfe. Da ist schon manches Ver- hängnißvolle für Deutschland berathen, manches Schlimme und wenig Gutes ausgeheckt worden. Hier haben sie dem wilden Wenzel das Kaiserhand- werk niedergelegt und den braven Ruprecht von der Pfalz damit unglücklich gemacht, der zwölf Jahre die schwankende, angefeindete Krone trug, bis ihre Last ihn zu Tode gedrückt; und auf dieser Burg

saß der Mainzer Erzbischof, als nach Ruprecht's
Tod Sigismund den Rhein hinabzog, um sich in
Aachen krönen zu lassen. Er lachte ihm nach, der
Bischof auf seinem Ehrenfels droben und dachte:
„Dich hatte ich nicht in meiner Tasche, lustiger Sigismund, drum kannst du auch warten, bis ich
dich krönen helfe," und er ließ ihn bis Coblenz reisen und kam ihm nicht nach; und Sigismund mußte
wieder stromaufwärts wandern und mußte so lange
warten mit seiner Krönung, bis er das Concilium
zu Constanz und noch andere Dinge versprach, die
ihm der Erzbischof vorschrieb. Dann reiste er wieder den Rhein hinab, und hinter ihm her sein Weib,
die böse Barbara. Ach, das war ein Zug, Junkherr! Ich sah von einem hohen Berge auf seine
bunte Pracht hinab, sie schaute blendend schön zu
mir herauf — ich wollte ihr nach, so sehr zog sie
mich an. Damals wallten noch lange Locken um
meinen Nacken und Sammet und Seide bedeckten
meinen Leib. — Doch was schwatze ich albernes
Zeug in den Tag hinein? — Die blauen, geheimnißvollen Berge dort unten regen meine Phantasie
auf und erfüllen sie mit wunderlichen Grillen, so
daß es beinahe aussieht, als wolle ich mich mit ver-

gangenen Dingen beschäftigen, was doch, wie ihr
wißt, Junkherr, gar nicht meine Sache ist."

„Und weshalb nicht? Welchen Werth hätte die
Gegenwart, wenn sie nicht mit der Vergangenheit
und Zukunft verknüpft wäre?"

Kuno erwiderte nichts hierauf. Er hing sich
weit hinaus über den niedern Rand des Kahnes,
streifte mit der Hand das Wasser und tändelte da=
mit. Eine längere Pause trat ein.

Da zeigte der alte Schiffer auf eine neu erbaute
Kirche und erzählte:

„Dieses Gotteshaus hat der fromme Ritter Bröm=
ser erbauen lassen, als er aus Palästina zurückkehrte.
Sie ist erst seit wenig Jahren vollendet worden, wie
auch das Kloster Noth Gottes im Walde dort drü=
ben, zu dessen Gründung den Ritter ein wunderba=
res Mirakel veranlaßte. Der heilige Fund eines
Kreuzes und einer Hostie, die beides ein Jude ge=
stohlen und aus Angst begraben hatte, wie die
Worte, die dabei aus dem Erdboden kamen: „Noth
Gottes, Noth Gottes!" gaben ihm einen sichtba=
ren Fingerzeig zur Gründung eines heiligen Häu=
ses. Jetzt ist er selber in dem Kloster, der alte
Brömser und betet, fastet und kasteit sich. Er ist

uralt, wohl an die hundert Jahre, und hat viele
fromme Gelübde erfüllt und gute, gottgefällige Werke
gethan, wie gesagt, Kirchen und Klöster gestiftet;
aber dennoch, geht die Sage, kann er nicht sterben,
bis der Geist seiner Tochter Ruhe gefunden, und
dies, meine Herren, wird so bald nicht geschehen,
weil der Körper, der ihn getragen, in den Wellen
sein Grab gefunden, hineingetrieben von dem Fluche
des Vaters."

„O, mich schaudert," sagte Lorenz und hielt
mit dem Rudern inne. „Warum auch, Aehne, er=
zählst du grade jetzt davon, wo die graue Bröm=
serburg eben dort sichtbar wird?"

„In der das schöne Ritterfäulein gelebt, geliebt
und schauerlich geendet hat," fiel der Spielmann
ein. „Denn, irre ich nicht, so trug ein Sturmwind
sie von der Zinne des Thurmes in die Wellen, die
er wildbrausend an ihm aufgethürmt."

„Wißt Ihr etwas Näheres davon?" fragte der
Bube mit dem wißbegierigen Verlangen, das grau=
sige Geschichten trotz allen Schaudern stets in jungen
Gemüthern hervorrufen.

Der Spielmann griff statt der Antwort zu sei=

nem Instrumente, spielte eine melancholische Weise
und sang:

„Der Jüngling schifft den grünen Strom entlang,
Und zu der Zither tönt sein Minnesang:
„„O zeige dich, du Süße, Holde, Feine!““
Da weht ein Schleier grüßend von der Höh'
Und herrlich, wie des Stroms gepriesne Fee
Zeigt sich die Jungfrau auf der Burg am Rheine.

In nächtigem Dunkel wogt des Stromes Fluth,
Da steiget in verschwiegener Liebesgluth
Die Maid hinab im stillen Sternenscheine.
Von starkem Arme wird sie kühn umfaßt,
Das Schifflein birgt die heißgeliebte Last.
„Jetzt bist du mein, du süße Maid am Rheine.“

Und auf dem Strudel tanzt das Schifflein hin.
Was kümmert's Jene, die da drinnen glüh'n
Im seligsten, im feurigsten Vereine?
Ein böser Tag, ach, folgt die süße Nacht.
Der Vater kehret heim aus mancher Schlacht,
Der finstre Ritter von der Burg am Rheine.

Als Himmelsbraut hab ich am Grab des Herrn
Gelobet dich, du meines Hauses Stern,
Auf daß des Höchsten Gnade dich bescheine!
Schon Morgen wird der Tag der Feier sein,
Der dich der Buße deines Stamms soll weihn,
O, reine Magd der grauen Burg am Rheine.

Verzweiflung packt die unglücksel'ge Maid,
Sie stürzt zum Strand' und klagt der Fluth ihr Leid.
„O, daß da unten lägen die Gebeine!“

Da dringen süße Töne ihr an's Ohr,
Und Nixenhäupter heben sich empor:
„Wir retten dich, du arme Maid vom Rheine."

„Wirf ab des Erdenlebens heiße Qual,
Und tauche in die Fluthen dich einmal,
Wir führen dich in zauberhafte Haine, —
Im Nixenreiche herrscht kein finstrer Wahn,
Dort lebst der Lust und Liebe du fortan!"
In's Wellengrab stürzt sich die Maid vom Rheine.

Als Schutzgeist steigt sie oftmals aus der Fluth,
Und mancher Schiffer freut sich ihrer Huth,
Wenn sie sich zeigt im stillen Mondenscheine.
Und wenn zu nah dem Strudel kommt ein Schiff,
Und wenn ihm dräuet ein verborgnes Riff,
Dann winkt die Maid der grauen Burg am Rheine.

„Ja, ja," setzte Lorenz hinzu, der andächtig
dem Gesange gelauscht hatte. „Die Schiffer wissen
alle die Geschichte des unglücklichen Burgfräuleins,
dessen Geist um die Felsen und an den Ufern des
Rheins umgeht und seufzt und stöhnt, wenn ihnen
Gefahren drohen, und wenn ein Schifflein gar un-
tersinkt, hört man ganz deutlich ihr Jammergestöhne
und erblickt ihre weiße luftige Gestalt inmitten der
schäumenden Wellen."

„Arme Gisela!" klagte Johann.

„Gisela nannte sich die Unglückliche?" fragte
Kuno aufgeregt. „Und wer war ihr Liebster?"

„Darüber ist ein Schleier ausgebreitet," erwiderte Johann. „Es sei ein armer Ritter aus dem Nahthale herüber gekommen, sagen Einige, Andere dagegen meinen, Gisela's Geliebter sei ein reicher Handelsmann aus dem Süden gewesen, der alljährig mit einem Schifflein voll kostbarer Waaren den Rhein herabgekommen, um sie auf den Burgen und Schlössern zu verkaufen. Einmal nun wäre er nicht weiter gezogen, als zu der grauen Brömser=Burg, und das Fräulein habe ihn darin verborgen gehalten, bis ihr Vater das zärtliche Band gewaltsam zerrissen. Sie starb in den Wellen, — wo jedoch ihr Grab sich befindet, ist nicht bekannt. Die Nixen, so erzählen die Schiffer, hätten das schöne Kind in eine ihrer krystallenen Grotten tief unten im Rheine gebettet."

„Und ihr Vater lebt noch?" fragte Kuno.

„Als gebeugter Greis in dem Kloster Noth Gottes, das er gestiftet hat, aus Gewissenspein, oder um ein frommes Gelöbniß zu erfüllen."

Alle schwiegen eine geraume Weile, mit Gisela beschäftigt, dem armen Fräulein aus der grauen Burg am Rheine. Indessen stiegen die Thürme derselben immer deutlicher am Ufer auf, einen düsteren Schluß von Rüdesheim bildend, das

trotz seiner vielen gethürmten Häuser und hohen
Mauern recht freundlich und hell dalag, im Reich=
thume seiner Rebenhügel, deren steinigter Boden
mit den dicht bewaldeten Gipfeln den segenbrin=
genden Fleiß der Menschen recht anschaulich bekun=
dete, welcher hier in mühevoller Arbeit das edelste
Gewächs zu pflanzen und zu pflegen nicht müde
wurde. Aber nicht nur durch frühzeitige vortreff=
liche Weinkultur zeichnete sich dieser Ort aus, sondern
er war auch berühmt durch seine Schifferkunst, die
über die hier beginnenden Wassergefahren am sicher=
sten hinwegzusteuern verstand. Damals brauste und
schäumte es noch gewaltig zwischen den Bergen. In
Wirbeln und wilden Wellen schoß die Fluth über Fel=
sen und Sandbänke, welche die Natur in das Bette
des Stromes gesenkt. Noch verstand man nicht,
diesen Mißständen gehörig abzuhelfen, welche man in
unserer Zeit so leicht zu heben versteht. Die Fahrt
auf dem Rheine von Rüdesheim bis Coblenz war
Jahrhunderte hindurch eine höchst gefährliche, bei
der man nie versäumte, den Schutz des Himmels
anzurufen.

Der alte Beilbeck versprach nochmals, Guten=
berg's Effekten auf ein gutes und bald abfahrendes
15*

Schiff zu bringen und den edlen Junkherr, wie auch seinen Enkel dem Besitzer und dem Steuermann desselben auf das Angelegentlichste zu empfehlen.

Gutenberg besuchte indessen nach dem Wunsche seiner Mutter einige Verwandte seines Hauses, die hier ansässig waren. Kuno dagegen war den Tag über nicht mehr zu sehen, und man wußte nicht, wo er sich herumtrieb. Am Abend fand ihn Lorenz in einer Schenke vor dem Thore des Städtchens, in welcher viele Bauern aus der Umgegend und auch allerhand herumziehendes Gesindel sich zusammengefunden hatte. Er spielte ihnen Tänze auf, sang ihnen Lieder und erzählte ihnen Geschichten von Kaiser und Reich, von dem Untergange der alten Zeit und dem Anfange einer neuen, — von dem Drucke, der auf ihnen laste, und den Fesseln, die sie abschütteln müßten.

Das rohe Gelärme in der Trinkstube ging nach und nach in ein aufmerksames Lauschen über und als der Spielmann zu erzählen aufhörte und wieder zur Fidel griff, hatten seine Weisen etwas ernsthaftes. Sie lockten nicht mehr zum Tanze und wurden auch nicht mehr von lustigen Juchheh's begleitet. Die ganze Versammlung schaarte sich um den Spiel-

mann; man vergaß, daß er zu den vogelfreien Gesellen gehörte und die besten Gäste der Schenke reich=
ten ihm die Hand und nickten ihm vertraulich zu;
doch auch ein verdächtig aussehender Bursche mit
struppigem Bart und Haupthaare trat zu ihm heran
und raunte ihm zu:

„He, lustiger Spielmann, ich möchte dich wohl
näher kennen lernen. Wir könnten gute Geschäfte
mit einander machen."

Doch Kuno maß ihn mit verächtlichem Blicke,
schüttelte das Haupt und sagte:

„Ich bin nicht, was du glaubst, bin nur ein
fahrender Spielmann, und habe mit eures Gleichen
nichts gemein."

Hierauf verließ er rasch die Schenke. Lorenz,
der hinter einem großen Ofen sich verborgen gehal=
ten, folgte ihm nach, holte ihn ein und nahm ihn
mit auf das Schiff, welches sie am nächsten Morgen
über die Gefahren des Wassers zwischen Bergen
und Burgen hindurch weiter abwärts tragen sollte.

––––––––

8.

Der Wind blies stärker als am vergangenen
Tage und verhieß bei aufgehißten Segeln eine ra=
schere Fahrt, allein noch sah man auf dem Schiffe,
das Johann und seine Gefährten trug, keine Anstal=
ten, es in schnelleren Lauf zu bringen. Vorsichtig,
mit gleichmäßigen Ruderschlägen stieß es von Rüdes=
heim ab und bewegte sich ungewöhnlich langsam auf
dem grünlichen Wasser dahin, und doch zeigte sich
nirgends eine Nothwendigkeit dazu. Wohl waren
die Wellen etwas aufgeregt und warfen hin und
wieder ein weißes Schaumköpfchen in die Höhe, al=
lein es sah nur aus wie ein neckisches Spiel des
frischen Morgenwindes, nicht wie eine drohende Ge=
fahr. Dennoch herrschte eine bange, fast feierliche
Stimmung auf dem Schiffe. Die meisten Gesichter
der Reisenden hatten einen besorgten Anstrich, selbst

der Steuermann sah ungewöhnlich ernsthaft drein und die Rufe der Matrosen klangen bestimmter und wurden mit einer besonderen Wichtigkeit ausgestoßen. Aus einiger Entfernung drang ein dumpfes Brausen. Dies mußte wohl die gespannte Stimmung hervorrufen, denn der breite Strom erschien so gefahrlos, wie seine Ufer prächtig im Glanze des klarsten Morgensonnenscheins. Das freundliche Rüdesheim lachte gleichsam dem Schiffe „gute Fahrt" nach und drüben blickte aus duftigem Schleier, wie eine reizende Schöne, das Städtchen Bingen den Reisenden entgegen. Seine feste Burg verhieß Schutz, so wie der graue Thurm, der gleich einem riesigen Wächter inmitten des Stromes sich erhob. Neben ihm eröffnete sich dem Blicke das liebliche Nahthal und über ihm thronte auf dem waldigen Gipfel des Rupertberges das berühmte Kloster der Heiligen Hildegard. Wundermähren durchzogen das schöne Landschaftsbild und belebten es mit edlen Rittergestalten, mit liebenden Frauen, begeisterten Seherinnen und der spukhaften Schaar unzähliger Elementargeister.

Der graue Thurm trat immer deutlicher hervor, in dem nach der Sage den Bischof Hatto die Mäuse verzehrten; doch war er wohl nur auf dem kahlen

Felſen im Rheine erbaut worden zum wachſamen
Vorpoſten der Burg Ehrenfels, die ihm gegenüber
auf ſteilem Felsabhange ihre feſten Thürme und
Zinnen gebietend erhob und in dem Waſſer ſich ab=
ſpiegelnd, gleichſam den Schiffen Stillſtand gebot.
Jedes Fahrzeug mußte hier dem Mainzer Erzbiſchof
ſeinen Tribut entrichten, — anhalten, ſobald es
den Gefahren des Binger=Loches entgangen oder ih=
nen, aufwärts kommend, entgegen ging. Schon ſah
man die Felſen, gleich drohenden Rieſenhäuptern
das Bett des Rheines durchziehen, das dumpfe Brau=
ſen wurde zu lautem Getöſe, die Fluth prallte in
Schaumwirbeln an den Felſen auf und weit hin um
ſie her. Nur ein ſchmaler Fahrweg war hier ge=
bahnt, — wich ein Schiff von ihm ab, war es verlo=
ren. Ehe jedoch dasjenige, das unſre Reiſenden trug,
der gefährlichen Brandung ſich nahte, warfen die
Matroſen den Anker aus und es blieb in leichtem
Schwanken auf derſelben Stelle liegen. Der Steuer=
mann und der Herr des Schiffes nahmen jetzt ihre
Kopfbedeckung ab und falteten andächtig die Hände.
Die Matroſen folgten ihrem Beiſpiele, — ebenſo
die Reiſenden, um zu der gefährlichen Fahrt des
Himmels Beiſtand anzuflehen. Doch mancher zag=

hafte Blick wandte sich ängstlich spähend wieder von
oben dem brausenden Wasser zu, in dem arge Un-
holde ihr Wesen zu treiben schienen.

„Auf den Anker, und muthig vorwärts!" rief
der Steuermann nach beendetem Gebete. „Mit
Gottes und seiner Heiligen Schutz und eines rüdesheimer Steuermanns Hand kommen wir wohl-
behalten unter dem Ehrenfels an."

Der Schiffer griff zum Steuer, die Matrosen
nahmen lange Stangen zur Hand, die Lenkung des
Fahrzeuges zu unterstützen. Der graue Thurm stand
ihnen jetzt gegenüber, und alle Unglücksmähren, welche
ihn umgaben, tauchten in den schäumenden Wellen,
die an ihm anprallten, gleich bleichen Schreckgestal-
ten auf. Die wirbelnden Wogen leckten begehrlich
an dem Schifflein und spritzten in funkelnden Per-
len ihren Schaum darüber hin, immer und immer
wieder versuchend es von der sichern Fährte abzu-
ziehen. Des Steuermanns Augen öffnete sich weiter, die Rufe der Matrosen wurden lauter. Das
Fahrzeug schwankte gefährlich hin und her; — in
ängstlicher Spannung erbleichten die Gesichter der
Reisenden, nur Kuno lehnte gleichmüthig an dem
niederen Rand des Schiffes und erst, als die Wel-

len sein Gesicht bespritzten, beugte er sich mehr nach
vorwärts. Da fiel ihm seine Fidel in's Auge und
in einem Anfluge von Ironie ergriff er sie und entlockte ihr einige lustige Töne. Ein ernster Blick
Johann's traf den Spielmann, und das Instrument
entsank seiner Hand. Doch wie unzufrieden über
diese Unterordnung in den Willen eines Anderen,
hob er sein Haupt trotzig empor und prüfte mit
verächtlichem Lächeln die zaghaften, angsterfüllten,
oder frommergebenen Mienen seiner Gefährten. Bei
dieser Musterung bemerkte er einen Mann in feiner
Kleidung, dessen Haltung und Gesichtsausdruck ihn
anzog.

Der Fremde sah mit festem Blick in die Brandung hinein und keine andere Spur von Unruhe
zeigte sich bei ihm, als daß er mit seinen beiden
Händen eine feine weiße Hand umschloß, wie zum
Schutze gegen die drohende Gefahr, und zuweilen
sein Auge einen Moment auf ein dunkelgelocktes
Haupt fiel, das unbeweglich an seinem Knie lehnte.
Kuno erhob sich, diese Gruppe deutlicher zu sehen,
die einige umherliegende Gegenstände ihm theilweise
verbargen. Das lockige Haupt gehörte einem Knaben, dessen tiefschwarze Augen aufwärts gerichtet

des Himmels Schutz anzurufen schienen. Die dunkle
Gluth dieser Augensterne fesselte Kuno mit unwi=
derstehlicher Gewalt, gleich einem geheimnißvollen
Räthsel, dessen Lösung mit Zaubermacht bannt. —
Das Schiff glitt weiter in die Brandung hinein,
es hob und senkte sich in raschem Wechsel. Ein
Angstschrei ertönte. Der Knabe sah fragend seinen
Gefährten an und schmiegte sich fester an ihn. Kuno
stürzte rückwärts über die schmale Bank hin, und
schwankte gefährlich über der niedern Brüstung hin
und her, gierig wälzten sich die schäumenden Wellen
über seinem Haupte zusammen, die Kappe mit der
Pfauenfeder weit fortschleudernd, und schon packten
sie ihn fester an, als Johann's Hand ihn den lau=
ernden Nixen des Binger Strudels wieder ent=
riß. Ein warmer Händedruck, ein dankender Blick
wurde dem Retter, dann aber schüttelte Kuno
sein nasses Haupt und rief unter etwas bitterem
Lachen:

„Ich weiß nicht, ob Ihr Dank von mir ver=
dient, Junkherr, denn ich glaube fast, die grünhaa=
rigen Wasserfräulein hätten den Spielmann gut auf=
genommen und es ihm vielleicht besser in ihrer kry=
stallnen Grotte da unten behagt, als hier auf der

Oberwelt, die er als ein Auswurf der Gesellschaft durchwandelt."

Während er dies sprach, sah er wieder zu dem schönen Knaben hin, der wie in grausem Schrecken sein Gesicht mit beiden Händen bedeckt hielt. Sein Begleiter beugte sich eben zu ihm nieder und flüsterte ihm etwas zu. Da schlug er sein Auge groß auf und es fiel auf Kuno, und dieses Auge lächelte mit wunderbarer Anmuth ihm zu, als wolle es sein neugewonnenes Leben begrüßen. Wie ein Strahl des Himmels durchzuckte dieser Blick, dieses Lächeln Kuno's zerstörtes Gemüth. Er fühlte sein Auge feucht werden, — doch schnell diese Regung bekämpfend, faßte er Johann's Arm und ging mit ihm, trotz den noch immer starken Schwankungen des Schiffes, auf dem Verdecke hin und her.

„Gelobt sei Gott und die heilige Jungfrau!" rief der Steuermann, seine Mütze schwenkend. „Das Binger Loch ist glücklich passirt."

Und:

„Gelobt sei Gott!"

„Den Heiligen Dank!"

„Ich werde mein Gelübde halten!" tönte es diesem Ausrufe von verschiedenen Seiten nach.

Der Herr des Schiffes brachte den Matrosen einen gefüllten Humpen und ein Extrakrüglein dem Steuermann. Dieser leerte es allsogleich in fröhlichster Laune auf das Wohl des Schiffsherrn und der Passagiere und ermahnte sie, es ihm gleich zu thun.

„Denn," sagte er, „man muß stets die gute Stunde weise benützen. Es kommen noch manche gefährliche Stellen, ehe wir durch die Berge hindurch sind. Da ist die Bank und das wilde Gefährt und da und dort noch ein heimtückischer Wirbel, wo die schlimmen Nixlein ihr Wesen treiben. Sie haben unter dem Binger Felsen ihre Wohnung aufgeschlagen und dort das unergründliche Loch gegraben, wo das Wasser so toll hinabwirbelt; von da führen sie es unter dem Bette des Rheines weiter und werfen es übermüthig bald da, bald dort wieder heraus. Es ist halt ihr Zeitvertreib, und wenn sie ein Schifflein mit schönen Waaren und schmucken Herren erwischen können, da lachen sie, daß man's oben hört und Einem die Haut schaudern macht. Doch solche Streiche gelingen ihnen meistens nur in dem Binger Strudel, und auch da selten mehr, seit wir Rüdesheimer die Schiffe lenken. Doch

denkt jetzt an Speise, Trank und Kurzweil, denn
wir bleiben an den Wachtschiffen des Mainzer Herrn
wohl ein paar volle Stunden liegen, bis Alles ab=
gemacht' ist."

Kuno griff zu seinem Instrumente und spielte
einen Tanz auf.

Der schöne Knabe trat zu ihm heran, prüfte ihn
aufmerksam mit seinen tiefen Augen, und fragte ihn
dann in ausländischem Accent: ob er ein deutscher
Minstrel sei?

Kuno schüttelte sein Haupt und erwiderte:

„Ich bin nur ein fahrender Spielmann, schöner
junger Herr. Die Minnesänger fangen an auszu=
sterben; es geht ihnen wie dem edlen Ritterthume.
Nur der unerfreuliche Nachwuchs ist von Beiden noch
vorhanden."

Der Knabe begriff ihn entweder nicht, oder wollte
nicht darauf eingehen. Er ignorirte diese Bemerkung
und fuhr fort:

„Ihr spielt gut, aber Euer Instrument ist schlecht.
Ihr solltet eine Harfe nehmen, oder wenigstens eine
Mandoline oder Zither, denn gewiß versteht Ihr
auch, sie zu spielen."

„Ich danke Euch für diese gute Meinung, doch

vergleicht ja nicht einen fahrenden deutschen Spielmann mit euren Sängern. Ihr kommt aus Italien,
wenn ich nicht irre?"

„So ist's," erwiderte der Knabe zuvorkommend.
„Ich bin des Kaufmanns Antonio Sohn. Angelo
nennt man mich. Venedig ist unsere Heimath. Das
dort ist mein Vater, der mir eben zu sich winkt."

Angelo eilte nach diesen Worten wieder zu
seinem Begleiter und in demselben Augenblicke trat
auch Gutenberg zu dem Kaufmann, begrüßte ihn
höflich und fragte ihn, ob er nicht Signor Antonio
aus Venedig sei?

„Der bin ich, edler Junkherr. Woher kennt
Ihr mich?" antwortete der Kaufmann.

„Ach, wohl erinnert Ihr Euch meiner nicht mehr,
denn es sind jetzt gerade zehn Jahre her, seit ich
Euch bei Meister Helferich, dem Mainzer Goldschmied, traf. Ich war damals noch ein Knabe,
Margarethens Spielkamerad, die Euch keine Ruhe
ließ, bis Ihr uns von dem schönen Venedig erzähltet."

Antonio dachte einen Augenblick nach, dann reichte
er Johann die Hand und sagte freundlich:

„Ja, ja, ich erkenne Euch wieder. Ihr seid jener blasse Knabe, der mir so andächtig zuhörte. Es

war eine Freude, Euch zu erzählen. Doch sagt, wie geht's dem alten Helferich und seinem schönen Kinde? Ich war seitdem nicht mehr bei ihnen. Meine Geschäfte in Deutschland nahmen damals ihr Ende, ich schloß sie bei jener Reise ab. Jetzt treibt mich eine ganz besondere Sache nach den Niederlanden, und meine Zeit erlaubte mir nicht, mich in Mainz zu verweilen, sonst hätte ich wohl nachgesehen, wie groß und schön des Goldschmieds Töchterlein geworden ist."

Johann theilte dem Kaufmanne von den Ereignissen in seiner Vaterstadt so viel mit, als sie auf das, was Antonio zu wissen verlangte, Bezug hatten. Sie wurden bald wie alte Bekannte vertraut mit einander und erzählten sich mancherlei aus ihrem Leben. Der Knabe jedoch hörte ihnen nur zerstreut zu. Bald war er unten, bald oben auf dem Verdecke, und zeigte überhaupt eine ungemeine Lebendigkeit, nur zuweilen sah er etwas träumerisch in die klare Fluth hinein oder an den Bergen empor, deren Burgen und Klöster, deren Weinpflanzungen und dichtbewaldete Abhänge eine gar schöne Abwechslung boten und von mancherlei abenteuerlichen Geschichten erzählen wollten.

Johann theilte indessen dem Kaufmann mit, daß sein Weg ihn auch nach den Niederlanden führe und er drückte seine Freude aus, nun einige Zeit mit ihm zusammen zu reisen. Antonio dagegen erzählte ihm von seinen Geschäften dort, die in Einlösen von verpfändeten Kleinodien bestanden, welche Kaiser Sigismund bei seiner Rückkehr aus England, wohin ihn seine unersättliche Reise= und Vergnügungslust getrieben, einst dort versetzte und theilweise nicht wieder hatte einlösen können.

„Ich habe eine schöne Summe dafür hingegeben," erörterte Antonio, „denn der deutsche König ist in ewiger Geldnoth, gleich seinem Freunde Friedrich mit der leeren Tasche, — und will nun sehen, ob ich ein gutes oder ein schlechtes Geschäft gemacht habe. Ich hätte es wohl nicht übernommen, denn mein Vorsatz war, Deutschland nicht mehr zu betreten, allein meines Kindes heiße Sehnsucht, die Ufer des Rheines zu sehen, veranlaßte mich dazu. Dieses Kind, Junkherr Gutenberg, ist mein größter Schatz, der einzige, den mein Herz noch besitzt — ihm zu Liebe thue ich Alles."

Neben einem glücklichen Lächeln zog ein trüber Schatten über Antonio's Antlitz. Sonne und Wol-

ken kämpften darin um den Sieg; doch die erstere
trug ihn davon, als Angelo zu dem Vater herantrat und sich einen Augenblick an ihn anschmiegte.

„Seid mein Gast bei einem einfachen Mahle,
wie man es eben hier bereiten kann," bat der Kaufmann den Junkherr.

„Ach ja," stimmte Angelo ein. „Und dann,
Junkherr Gutenberg, holt auch den dazu, dem Ihr
vorhin das Leben gerettet."

„Den Spielmann?" fragte Johann, einen zweifelnden Blick auf Antonio werfend.

„Es ist ein deutscher Minstrel, Vater," fiel Angelo schnell ein. „Er kann uns die Zeit verkürzen
durch Lieder und Erzählungen, und was sein Kleid
anbelangt, werde ich ihm später begreiflich machen,
daß ein schwarzer Sammetrock seiner hellen Gesichts-
farbe besser stehen würde, als die bunten abgeblaß-
ten Lappen. Haben ihm die Wellen doch schon seine
sonderbare Kappe geraubt — das schlechte Habit
mag dieser nachfolgen. Einstweilen, lieber Vater,
stört es uns nicht. Sage, der Spielmann soll unser Gast sein."

„Wenn es bir Freude macht, Angelo, warum
nicht? Bringt ihn uns denn, Junkherr Gutenberg.

Ihr kennt ihn wohl genauer, da er an Eurer Seite das Schiff betrat."

"Er ist mein Reisegefährte und viel besser, als sein schlechtes Kleid, ein ganz Anderer, als sein verachtetes Gewerbe bekunden will."

"O, so holt ihn schnell, das Mahl wird gleich bereit sein," rief Angelo mit südlicher Lebendigkeit. Dann ertheilte er einige Befehle zwei Dienern, die sie bei sich hatten.

In wenigen Minuten war ein kleines Zelt auf dem Verdeck aufgeschlagen, ein Tisch und vier Stühle darunter gestellt. Angelo selbst half den Tisch herrichten, bedeckte ihn mit einen bunten Teppiche und legte, für einen Knaben mit bewundernswürdiger Zierlichkeit, ein weißes Tuch darüber, stellte blinkende Teller, welche einer der Diener ihm reichte, und silberne Becher von schöner Arbeit auf. Der kleine Tisch zeugte von Reichthum und Geschmack und von einem an luxuriöse Bequemlichkeit gewöhnten Leben, das seine Bedürfnisse überall zu befriedigen versteht. Auch für Speise und Wein war hinreichende Sorge getragen. Die Diener trugen auf und Angelo übernahm mit scherzenden Worten das Amt der Hausfrau und legte den Gästen vor.

Kuno's schlechtes Kleid paßte nicht zu diesem
Tische, nicht in diese Gesellschaft, allein sein stolzer
Blick wie sein Benehmen, die nichts von dem fahrenden Spielmann verriethen, glichen diesen Miß-
stand aus. Er blieb jedoch auffallend schweigsam.
Der Kaufmann nahm dies für die Befangenheit eines
armen Mannes im Kreise reicher Leute und war
recht zuvorkommend gegen ihn. Auch Angelo über-
häufte ihn mit Aufmerksamkeiten, vielleicht aus demselben Grunde und schenkte seiner Unterhaltung mehr
als der seines Vaters und Johann's Gehör.

Der Kaufmann frug den Junkherrn, was ihn
nach Holland führe.

„Ich will den Fleiß der Gewerbetreibenden dort
näher in's Auge fassen," erwiderte er. „Und prüfen und erwägen, ob es mir nicht frommen kann."

„Wie? Versteh' ich Euch recht?" fragte der Kaufmann verwundert. „Ihr von adeliger Herkunft
tragt darnach Verlangen? Da müßt Ihr aber zuvör-
derst die goldene Kette ablegen, die Euren Mantelrock schmückt, wie das Schwert an Eurer Seite, das
Eure Abkunft verräth. Nur dann werdet Ihr mit
dem rechten Verständniß die Arbeit verfolgen kön-

nen, unb ihren Werth beurtheilen lernen, benn nur
bem Zunftgenoffen öffnen fich ohne Mißtrauen ihre
Werkftätten; nur als Gefelle könntet Ihr fo recht
in bas gewerbliche Treiben Euch hineinverfeßen.“

„Mein Sinn ift hauptfächlich auf eines gerichtet,
Signor Antonio. Doch laffen wir bas vorerft; —
glauben aber bürft Ihr, baß, um es zu erreichen,
kein Kleib mir zu gering wäre.“

„Selbft vielleicht bas meine nicht,“ fiel Kuno ein.

„Das Eure ficher,“ mifchte Angelo fich ein.
„Es fteht Euch fchlecht, Meifter Kuno, unb mich
will bebünken, ein anberes paßte Euch viel beffer.“

„Dank für Eure gute Meinung, fchöner junger
Herr,“ erwiberte ber Spielmann. „Aber feht, nur
bies eine Kleib ift mein Eigenthum, brum lege ich
es nicht ab; — auch war es mir lieb bis heute —
heute, offen geftanben, genirt es mich etwas. Das
macht, weil Ihr barauf fchaut unb vielleicht auch,
weil es hier an ber Schulter noch fo burchnäßt ift
von ben heimtückifchen Wellen bes Binger Strubels.“

„Mein Gott, warum fagtet Ihr bas nicht gleich.
Nehmt boch ein Kleib von meinem Bater, — tragt
es wenigftens, bis bas Eure getrocknet ift.“

„Nein, nein, bie warme Sonne wirb es fchon

trocknen. Taufend Dank, holder Herr! Den fah=
renden Spielmann dürfen weder Näffe noch Kälte
geniren. Es fängt auch fchon an, mir wieder wär=
mer und behaglicher zu werden. Ihr follt es gleich
fehen, meine frohe Laune kehrt wieder, und der
Spielmann fingt Euch ein Lied und fpielt Euch et=
was auf, fobald Ihr's begehrt."

„Nur, wenn Ihr wollt; — nur dann," fagte
Angelo, „fällt Euch eine fchöne Gefchichte ein, die
fich hier herum zugetragen, fo bitte ich darum, er=
zählt fie mir. Ich höre fo gerne, was an den Ufern
des Rheines gefchehen, — es klingt fo rührend, fo
ergreifend. Zuweilen fchon," fetzte er flüfternd
hinzu, „hat mir der Vater davon berichtet; doch
hernach wurde er immer traurig, fo daß ich ihn
nicht mehr darum bitten mag."

Kuno verfank in Nachdenken. Angelo fprach
auch nichts mehr, während fich Antonio und Jo=
hann immer eifriger mit einander unterhielten.

„Kommt nur einmal nach Venedig, Junkherr
Gutenberg," fagte der Kaufmann. „Führt Euren
halbgefaßten Vorfatz aus, durch Frankreich nach
dem Süden hin ein Stück Welt zu durchwandern.
Ihr könnt viel fehen und lernen in der mächtigen

Lagunenstadt, und dann ja findet Ihr jetzt auch ein
Haus dort, das Euch mit Freuden seine Thüre
gastlich öffnet. Fragt nur nach dem Kaufmann
Antonio und nehmt bei ihm vorlieb. Dann sollt
Ihr schauen, wovon zu hören Euch als Knabe schon
so sehr interessirte, ja weit schöner und besser noch,
als ich berichten konnte. Industrie und Kunst
schreiten voran trotz Streit um Kaiser und Papst,
denn sie fußen auf die Kraft der Arbeit, welche
für ihre Werke immer wieder eine Friedensstätte
findet, denn sie ist die unendliche, ausdauernde, un-
verwüstbare Quelle alles bessern Lebens, der feste
Kitt, der das, was aus einander fallen will, immer wieder verbindet."

„Ihr habt Recht, Signor Antonio, und ich füge
hinzu: auch die Wissenschaft wird einst noch durch
die Kraft und Ausdauer der Arbeit ihren festesten
Grundstein finden, Mühe und Fleiß, der Hände
Werk, zu des Gedankens Stütze machen, wie der
Gedanke die ihre ist. Glaubt Ihr nicht auch, Signor Antonio, fuhr er erregter fort, daß ein Weg
zu finden wäre, wo der Gedanke durch der Hände
Arbeit, in schneller Weise, tausend und abertausend-
fältig, gleichsam verkörpert werden könnte, und so

die Ideen bevorzugter Geister — das ganze Gebäude der Wissenschaft, die Theorien der Kunst, kurz
die Kunde aller höheren und besseren Einsicht —
pfeilschnell die Welt durchzöge, um an jeder Thüre
anzuklopfen. Alles würde dann eine andere Gestalt
gewinnen, — der mühsame Fortschritt zu raschem
Laufe, die Finsterniß zum Lichte sich entfalten, zur
Leuchte eines neuen Zeitabschnittes.

„Wohl wahr," erwiderte der Kaufmann nach-
sinnend. „Doch," setzte er lächelnd hinzu: „solche
geistige Mechanik ist nicht erfindbar, — sie steht
über der menschlichen Kraft."

Johann erwiderte nichts hierauf.

„Ihr sinnt und sinnt, Meister Spielmann, klang
jetzt etwas ungeduldig Angelo's Stimme, als Kuno
in seiner nachdenkenden Stellung verharrte. „Will
Euch denn gar keine Mähre einfallen? Man sollte
doch denken, dieser schöne Strom, diese Berge, diese
Burgen und Klöster müßten gar viele rührende Geschichten beherbergen."

„Das wohl; — doch sind es fast immer diesel-
ben, holder Angelo," erwiderte Kuno, einen tiefen Blick in des Knaben dunkle Augen werfend.
„Alle die Mähren, welche aus früheren Jahrhun-

derten, wie auch aus unserer Zeit, hier umgehen, sprechen von Liebesweh und Liebesglück, von Teufelslist und himmlischer Gnade, von Rettung aus schweren Gefahren, von Raub und Mord. Zwischendurch spuken die Nixen des Rheines und eine Unzahl anderer böser und guter Elementargeister."

„Ei, sieh doch," rief Angelo, freudig die Hände zusammenschlagend. „Ist denn das nicht poetischer Stoff genug zu tausend und aber tausend Geschichten? Drum nur rasch begonnen, Meister Spielmann. Laßt hören, wie weit Eure Dichtergabe ausreicht. Erfindet flugs etwas, wenn Euch keine wahre Geschichte einfällt."

„Der wahre Dichter schöpft aus dem wirklichen Leben. Nicht so, schöner Herr? Und waffnet seinen forschenden Blick mit dem bunten Glase der Phantasie und was er durch dieses erschaut, taucht er in die Farben seines eignen Selbst, seiner Freuden oder auch in das hinströmende Blut seines wunden Herzens. Wollt Ihr eine solche Geschichte von mir hören, so lauscht. Ein Freund hat sie mir einst gesungen, als er sterbend seinen Schmerz der Seele des fahrenden Spielmanns vermachte, eine schlimme Beigabe zu seinen lustigen Fahrten."

„Erzählt, ich bitte Euch darum," sagte Angelo mit etwas erblaßter Wange, doch verlangendem Blicke, und Kuno begann:

„Fern von diesen Ufern lebte eine wunderschöne Maid. Ihr Haar war golden wie das Licht des Tages, ihre Augen dunkel wie die Nacht, doch strahlend wie ihr schönster Stern, und ihre Wange war so rosig, als hätte Amor sie in's Morgenroth getaucht. Was ihre Lippe sprach war klug, und süß dabei wie Himmelsbrod, ihr Kuß so feurig, so selig berauschend wie der Nektar. Ein Ritter von edlem Stamme sah die schöne Maid und liebte sie. Er schwur ihr ewige Treue. Sie glaubte ihm, weil sie ihn wieder liebte und folgte ihm in heimlicher Stunde zum Altare. In heimlicher Stunde, — denn sie war ein armes Mägdlein, eines Gelehrten Kind, der ihr vieles aus seinen Büchern erzählt hatte, doch nichts von der Welt und ihrem Getreibe, das er selbst nicht verstand, noch weniger aber die Liebe, die seines Kindes Herz erfüllte. Sie entfloh mit dem angetrauten Geliebten, ein hingebendes, willenloses Weib. Er brachte sie in ein entlegenes Waldschloß — schied von ihr — kam wieder — und ging abermals. Wie lange sie dabei glücklich

blieb — ob der Ritter selten oder häufig sie zu be=
suchen kam, davon erzählte mein Freund mir nichts.
Zwei Kinder, ein Knabe und ein Mägdlein erblüh=
ten aus der Mutter Schoß. Des Vaters Bild ver=
wischte sich in dem Herzen der Beiden, da sie ihn,
als sie mehr zum Bewußtsein heranreiften, nicht
mehr sahen. Wohl erzählte ihnen die Mutter von
ihm: daß er zuweilen in der Nacht komme und sie
im Schlafe küsse, dann aber sagte sie, er sei weit
fortgegangen in ferne Länder, in den Krieg — und
dann sprach sie nichts mehr von ihm. Fragten in
späterer Zeit einmal die Kinder nach ihm, so weinte
sie; — drum frugen sie immer seltener und das
Mädchen sagte eines Tages zu dem Knaben: „Unser
Vater wird im Kriege umgekommen sein; laß uns
für seine Seele beten, doch nimmer die Mutter um
sein Geschick befragen." Da beteten die Kinder für
des Vaters Seele und weinten auch um ihn — doch
Kinderthränen trocknet ein Luftzug, denn Frohsinn
ist das Element ihres Lebens, und welches Kind
könnte traurig bleiben und forttrauern um einen so
wenig gekannten Vater, wenn mit der zartesten
Sorgfalt die Mutterliebe sein Leben beglückt. Die
beiden vaterlosen Waisen waren glücklich — sie em-

pfanden nicht, daß ihnen der Kuß ihres Erzeugers fehlte, da die Zärtlichkeit der Mutter jeden ihrer leisesten Wünsche errieth und befriedigte. Sie unterrichtete die Kinder in vielen Dingen, sie lehrte sie lesen und schreiben in mehreren Sprachen, die Harfe spielen und Lieder singen und die Dichter großer Völker verstehen. Ein Mann von stattlichem Aeußeren, geübt in ritterlichen Künsten, war ihr Schützer und Schirmer an dem einsamen Orte. Er lehrte den Knaben das Schwert führen, unterwies ihn in der Waidmannskunst und im Zügeln des wildesten Rosses. Doch der Knabe liebte den Unterricht der Mutter mehr. Die Künste, welche sie ihn lehrte, waren ihm eine theurere und liebere Unterhaltung in seiner Einsamkeit. So wuchs er heran bis zu der Zeit, wo er den ersten Flaum auf seiner Lippe spürte — da fing es an, ihn nach der Welt zu verlangen, welche die weite Einöde eines Waldes von ihm abschloß.

„Laß mich aus dem Walde hinaus, in die Welt hinein," sagte er zu seiner Mutter.

„Auch ich denke, daß es Zeit dazu wäre," antwortete sie mit traurigem Tone und setzte nach einer Weile mit unterdrückten Thränen hinzu: „doch erst muß ich Kunde haben, auf welche Weise es geschehen kann. Gedulde dich drum noch eine kurze Frist."

Am andern Tage verließ ihr Beschützer das Haus und kehrte erst nach einigen Monden wieder. Man sah ihm große Eile an und nach kurzer Unterredung mit der Rittersfrau rief sie die Kinder zu sich und sagte: „Wir sind hier gefährdet und müssen schnell von hinnen ziehen — heute Nacht noch. Doch seid getrost, ein freundlicherer Aufenthalt erwartet euch." So zogen sie fort, von einigen ihrer Diener beglei= tet, durch Wälder, durch Thäler, durch weite Ebe= nen, über Berge und Flüsse, bis sie in einem schö= nen Lande ankamen, das ein breiter Strom durch= zog. Hier, an seinen Ufern erhob sich ein steiler Berg mit einer grauen Burg. „Siehe da hinauf, es ist das Stammschloß deiner Väter," sagte die Mutter mit feuchten Augen zu dem Sohne. „Dort werden wir fortan wohnen. Da kannst du weit in die Welt hineinschauen und deine Jugend an Freu= den ergötzen, die dir bisher fremd geblieben sind."

Die Burg war nicht groß und nicht wohnlich, doch dem jungen Erben gefiel sie ungemein. Er war stolz, ihren Namen zu tragen, und glücklich, von ihrer Zinne weit hinaus schauen zu können in eine herrliche Landschaft. Auch wurde ihm jetzt der Umgang mit seines Gleichen gestattet. In der Nähe der Burg hatten viele edle Geschlechter ihren Wohnsitz. Er verkehrte mit ihnen und fand Freude im Umgange mit Altersgenossen. Das Mädchen blühte indessen zur schönsten Blume auf; ein Ritter warb um ihre Liebe, um ihre Hand und sie erwiderte diese Liebe mit aller Hingebung eines jungen, unerfahrenen Herzens. Der Jüngling fand indessen in einer romantischen Leidenschaft ein süßes Glück. Es war eine Nymphe des Waldes, welche sein Herz gefangen nahm. So gingen glückliche Stunden, Tage, Monate, Jahre hin. Da kam eines Tages ein prächtiger Zug am Fuße des Berges vorüber, und bewimpelte Schiffe bedeckten den Strom. Die Geschwister sahen von der Zinne der Burg darauf nieder, und ihre Mutter trat zu ihnen und sagte mit hochaufwallender Brust:

„Meine geliebten Kinder, da unten zieht auch euer Vater vorüber. Doch er kehrt bald zurück und dann — dann endlich, so hoffe ich zu Gott, wird der Augenblick da sein, wo er sich für immer mit uns vereint."

„Unser Vater lebt noch?" fragte der Sohn voll

Staunen, während die Tochter stille Thränen weinte.

„Warum denn blieb er uns fern, wenn er nicht gestorben?"

„Zürnt ihm darob nicht!" flehte das milde Weib. „Ein schweres Geschick trägt die Schuld. Er soll es euch selbst erklären."

„Laß mich ihm nacheilen, Mutter, ich werde ihn erkennen aus Tausenden," rief der Sohn, und wollte davonstürmen, — doch sie hielt ihn zurück und sagte:

„Das darf nicht geschehen. Nach kurzer Zeit kehrt euer Vater bei uns ein, um euer Geschick zu bestimmen, und so es der Himmel will, sich auf immer uns zu vereinen. Fragt mich jetzt nicht weiter darum. Betet mit eurer Mutter, daß Alles zu unserem Wohle sich löse."

Die Kinder, welche bisher so glücklich gewesen, durchzog plötzlich eine bange Empfindung. Sie hatten den todtgeglaubten Vater mit Liebe im Herzen getragen — der wieder lebendig gewordene stand wie ein halbes Schreckgespenst vor ihnen.

„Wird er meine Liebe segnen?" frug sich ängstlich das liebende Mädchen — und: „was soll mein

Geſchick werden?" ſprach mit halbem Ingrimm der Jüngling zu ſich. „Kennt der Fremde doch nicht das Verlangen deiner Seele."

Beide wurden ſtill und nachdenklich. Auch der Mutter Antlitz, obgleich es oft plötzlich in heller Freude aufleuchtete, erbleichte täglich mehr. Selbſt ihr Beſchützer, der ſie nie mehr verlaſſen, ſeitdem er ſie hieher geleitet, verrieth eine Unruhe, die man früher nie an ihm bemerkt. Mehrere Wochen gingen ſo hin, — der ſtattliche Zug wollte noch immer nicht kommen, der Vater immer noch nicht einkehren bei ſeinem Weibe und ſeinen Kindern, — da, in einer dunkeln, ſternenloſen Nacht wurde es plötzlich laut vor den Thoren der Burg.

„Euer Vater kommt," rief die Mutter und faßte beide Kinder an der Hand und zog ſie fort dem Kommenden entgegen.

Wie von einer höheren Macht gehoben, ſchwebte ſie, kaum den Boden berührend, der geöffneten Pforte zu, hohe Wonne, und tiefe Klage zugleich in ihrem bleichen Angeſichte, — Angſt, Schmerz und Entzücken in der Mutterbruſt.

„Meine Kinder, euer Vater iſt es," war alles, was ſie zu ſprechen vermochte.

Doch statt seiner trat eine Frau herein, mit kaltem, bösem Angesichte und warf einen Blick voll Hohn und Haß auf das erschrockene Weib und ihre Kinder. Geharnischte Ritter folgten ihr und ein Mann in schwarzem Kleide trat an ihre Seite und sprach:

„Ich spreche der Kirche Fluch über dich aus, Bertha Baldenheimer, du Kebsweib eines Ehemannes, du freche Buhlerin des angetrauten Gatten dieser edlen Dame!"

„Wo ist er, wo ist mein Gatte?" stammelte die so schwer Beschuldigte in Todesangst. „Wo ist Ritter Hugo vom Berg?"

„Der steht hier," lachte die häßliche Frau und zeigte auf den Beschützer der Unglücklichen, der bleich und zitternd neben ihr stand.

„Er lieh als treuer Diener seines Herrn seinen Namen deiner Schande," ergänzte der Mann in dem schwarzen Kleide. „Doch was erbebst du? Hast du denn nicht gewußt, wessen Buhlin du bist und noch zu sein begehrst?"

Die Arme stand sprachlos da, in grausiger, namenloser Verwirrung. Ihr Sohn aber stürzte auf den Priester und die Frau zu, beide zu packen,

sie aus der Burg und die steile Anhöhe hinabzu-
schleudern, — doch starke Arme hinderten ihn daran und fesselten die seinen. In ohnmächtiger Wuth
wälzte er sich am Boden.

„Ist es wahr, was die da sprechen?" stammelte
das bleiche Weib, verzweiflungsvoll ihren seitheri-
gen Beschützer anstarrend.

„Es ist so," bestätigte er niedergeschlagen. „Doch
glaubt, nicht meine Schuld ist es, daß es so endet.
Euer Herr wollte es Euch selbst verkünden und Eure
Zukunft wie die Eurer Kinder weislich bestimmen.
Schon lange wurde Euch nachgestellt, drum flüchtete
ich Euch hieher auf die Burg meiner Väter."

„Schande über dich, Hugo vom Berg, daß du
so deinen edlen Namen beflecktest, um als allzuge-
treuer Diener eines Höhern die Schmach dieser
Elenden zuzudecken," rief die Dame voller Wuth
und Verachtung.

Ihr unglückliches Opfer drohte zu sinken. Der
Ritter hielt sie in seinen Armen aufrecht und bat
sie, ihm zu vergeben — er wolle seine Schuld an
ihr sühnen — sie solle auch fürder seinen Namen
tragen, sich ihm vermählen, er liebe sie und sei bereit, ihren Kindern fortan Vater zu sein.

Das bleiche Weib antwortete nichts. Sie war unfähig zu sprechen, nur Blicke voll Entsetzen hatte sie noch für diese Schreckensscene.

Ihre Feindin weidete sich mit höhnischer Freude an ihrem kläglichen Anblicke, dann sprach sie gebieterisch zu dem Ritter:

„Ihr glaubt wohl gar, ich werde Euren großmüthigen Vorschlag dulden, nachdem ich hieher gekommen, um sie zu vernichten? Werde Euer falsches Spiel noch länger zugeben? Weiß ich doch, daß er sie hier aufsuchen will, und diesen Bastard in seinem Gefolge mit sich führen. Aber, nimmermehr geschehe solches. Mit ihr in ein Kloster, — über diese Kinder der Bannstrahl der Kirche, Schande über Euch, Hugo vom Berg, und diese Burg, die Ihr verunehrtet, sie falle in Trümmer. Nehmt das Weib!" befahl sie ihren Knechten, „nehmt sie und schleppt sie von hinnen. Dieses Mädchen stäubt aus und jagt es in die Wälder — und diesen Bastard hier, der so unsinnig sich geberdet und flucht und droht, werft in das Verließ der Burg, ihre Mauern stürzen über ihm zusammen."

Ein furchtbarer Schrei, ein erschütternder Jammerruf erscholl nach diesem gräßlichen Befehl, und

die bleiche Frau erhob sich und stand riesengroß vor
ihrer Feindin und rief des Himmels Fluch auf sie
hernieder. Kaum jedoch hatte sie geendet, als ein
Blutstrom ihrem Munde entquoll und über das kost=
bare Gewand ihrer grausamen Feindin hinfloß, dann
stürzte sie todt vor derselben nieder. Schrecken zeigte
sich in allen Gesichtern. Der Sohn, plötzlich wie mit
übermenschlicher Kraft begabt, zerriß seine Bande,
hob die todte Mutter empor und hielt die blutbe=
fleckte Leiche drohend der Mörderin entgegen.

Sie floh entsetzt vor diesem Anblicke, — ihr
Gefolge ihr nach, den Ritter und die Diener der
Burg mit sich fortreißend. Die verzweifelnden Kin=
der blieben allein bei der Leiche ihrer Mutter zu=
rück. Nach einigen Stunden kehrte eine Anzahl der
Geflohenen wieder, zerstörten die Burg, entrissen
die Todte den Kindern und scharrten sie auf öder
Haide ein. — Vor dem wahnsinnigen Sohne wichen
sie scheu zurück. — Das arme Mägdlein hatte sich
in den Wald geflüchtet. — Die Geschwister sahen
sich nicht mehr. — Nach Monden der Raserei
suchte der Sohn das Grab der Mutter auf. Er
hoffte die Schwester dort zu finden, doch sie war
spurlos verschwunden. Allein die Thränen, die er

an der heiligen Stätte wiederfand, milderten die
Nacht des Wahnsinnes, die ihn umfangen. Das
junge Leben regte sich wieder in seiner Brust und
rang gegen seine gänzliche Vernichtung. Von son=
niger Höhe in den schwärzesten Abgrund geschleu=
dert, suchte das zerstörte Dasein dennoch wieder
einen Lebenshalt.

Kuno hielt plötzlich inne.

„Die Geschichte ist zu Ende," murmelte er dumpf
und sein Haupt fiel tief auf seine Brust hinab, welche
schwere Athemzüge hob und senkte.

„Und hat der Unglückliche wieder einen festen
Halt des Lebens gefunden?" fragte Angelo leise,
sich zu Kuno niederbeugend. „Sagt uns das noch,
sagt, daß er wieder genaß von seinem großen Schmerze
— oder doch wieder genesen wird, ganz genesen."

Kuno starrte Angelo eine Weile an, dann sprang
er auf und rief schaudernd:

„Gisela! O, warum auch diese Erinnerung noch,
— fort — fort — Angelo, deine Augen machen
den Armen wieder wahnsinnig."

Er stürzte hinweg — und verschwand unter dem
Decke des Schiffes.

„Der Unglückliche hat wohl seine eigne Geschichte erzählt," sagte Angelo tief erschüttert.

„Ich fürchte, es ist so," bestätigte Johann trübe.

„Dem armen jungen Manne muß eine nützliche Beschäftigung werden," schaltete der Kaufmann ein. „Denn eine solche nur vermag ihn zu retten."

Angelo warf einen bittenden und vertrauensvollen Blick auf seinen Vater und sagte:

„Du wirst dich seiner annehmen? Nicht wahr, guter Vater?"

„So er meinen Rath und meine Hülfe nicht verschmäht. Doch werde wieder heiter, mein Kind. Laß das Geschick eines Fremden dein Herz nicht zu tief berühren. Siehe dich um und erfreue dich an der schönen Fahrt. Daß du mir ja kein trübes Bild von dem Rheine mit in die Lagunen nimmst."

Eine tiefe Furche zog sich bei diesen Worten über Antonio's Stirn und mit Besorgniß sah er auf den schönen Knaben, dessen Auge in Thränen schwamm. Eine unbezwingliche Unruhe machte sich bei dem Kaufmann bemerkbar, — ängstlich schlang er den Arm um den Nacken seines Kindes und drückte das geliebte Haupt voll Zärtlichkeit an seine Brust, indem er in rührendem Tone flehte:

„Keine Thränen, Angelo! O, keine Thränen. Ich kann sie in deinen lieben Augen nicht sehen. Sie sollen nur Freude strahlen. Hörst du, theures Kind, nur glücklich will dein Vater dich sehen."

„Ich bin es ja, mein guter, lieber Vater," rief der Knabe, ihn leidenschaftlich umschlingend, während ein Thränenstrom unaufhaltsam über seine Wangen stürzte.

Antonio versuchte die Thränen hinwegzuküssen von dem holden Angesicht seines Kindes und mit den zärtlichsten Liebesnamen seine stürmische Aufregung nieder zu kämpfen und ruhte nicht, bis Angelo wieder lächelte. —

Kuno wurde auf dem Verdecke des Schiffes nicht mehr gesehen. —

9.

Als die Sonne hinter die Berge sank, landete das Fahrzeug zum Uebernachten und auch um Geschäfte abzumachen, an Looch, dem Grenzorte des Rheingaues, den das hier auslaufende Wispergebirge umschloß und im Vereine mit dem künstlichen Schutzwalle, dem Gebücke, sich jedem gewaltsamen Eindringen von dieser Seite entgegenstellte. Dieser Grenzort war einer der bedeutendsten Orte des Rheingaues und wurde, gleich Eltvill schon frühzeitig zu einer Stadt erhoben. Es vereinigte sich vieles Günstige, um sie zu schnellem Reichthum und Ansehen zu bringen. Der Weinhandel des Rheingaues wurde hauptsächlich von hier aus weiter abwärts befördert, da kaum eine Stunde weiter unten am jenseitigen Ufer der Hauptstapelplatz des mittelalterlichen Weinhandels: Bacharach, lag. Auch war

hier die Hauptstation zum Verladen der Schiffe,
da größere Fahrzeuge den schmalen Fahrweg an dem
Binger Strudel nicht passiren konnten und deshalb
ihre Waaren in kleinere Schiffe oder auf Räder ver=
laden und so weiter bringen mußten.

Die Verladungsorte erhielten dadurch viel reges
Leben, ihr Handel dehnte sich rasch aus, was ihnen
Wohlhabenheit brachte. Die vornehmen Geschlechter
wurden dadurch zur Ansiedelung verlockt und fan=
den besonders in dem Grenzorte Looch so viele Vor=
theile vereinigt, daß sie bald ganz die Oberhand
darin zu gewinnen suchten. Es gab hier nicht nur
Gelegenheit, durch Handelsspekulationen reich zu
werden, sondern auch durch ritterliche Tugenden sich
auszuzeichnen, da es raubsüchtige Gelüste zu Land
und zu Wasser abzuhalten gab. Das letztere sühnte
den Stolz des Adels, der sich erst dem Verlangen
nach kaufmännischem Erwerbe entgegengestellt, mit
diesem aus, und dann, als es später weniger ritter=
liche Thaten auszuüben gab, hielt der Vortheil der
goldbringenden Geschäfte diese bei ihren alten Namen
fest. Sie folgten darin willig dem Beispiele ihrer
Klöster, die ja selbst ihre himmlische Würde nicht
zu erhaben dafür hielten, durch Handel und In=

dustrie mit der Welt in Verkehr zu treten und dabei ihre Reichthümer zu mehren.

Der Ort, an dem unsere Reisenden landeten,
bot ein heiteres Bild reger Betriebsamkeit, was im
Vereine mit seiner wundervoll schönen Lage den an-
genehmsten Eindruck hervorrief. Hochgieblige, stattliche Häuser liefen längs der schmalen Straße zwischen dem Rheine und der steilen Anhöhe hin und
zogen sich um den hohen Berg her, der die Ecke
des Rhein- und Wisperthales bildet. In diesem
engen Thale mit dem kleinen, klaren Bache hatte
jedoch mehr nur der unbemitteltere Theil der Ein-
wohner sich niedergelassen. Ueber den beiden Stadt-
theilen, hoch oben auf der vorspringenden Ecke des
Berges stand eine schöne Kirche mit gothischem Thurme.
Sie war vor noch nicht langer Zeit erbaut worden
und die reichen Geschlechter der Stadt hatten hier
an dem Orte ihrer Andacht und ihrer Gräber einen
prachtvollen Altar gestiftet, der noch heut zu Tage
als ein schönes seltenes Kunstwerk aus jener Zeit
angestaunt wird. Um die Kirche her, auf einzelnen,
dem Berge abgerungenen Stellen, befanden sich noch
verschiedene größere und kleinere Gebäude, von Bäumen umgeben, was dem Ganzen ein sehr maleri-

sches Aussehen gab und den Reiz der Landschaft erhöhte.

Als das Schiff gelandet hatte, zögerte Gutenberg
auszusteigen. Es verlangte ihn, erst Kuno zu sprechen und ihn zu bestimmen, eine andere Kleidung
anzulegen und ihm in die Stadt zu folgen, wo er
bei einem Verwandten sein Nachtquartier nehmen
wollte. Antonio sagte ihm bis Morgen Lebewohl
und verließ mit Angelo und seinen Dienern das
Schiff, eine Herberge aufzusuchen. Der Knabe sah
sich verschiedene Male nach dem Fahrzeuge um, —
es schien ihm nicht zu behagen, den Spielmann nicht
mehr darauf zu erblicken.

Johann harrte eine Weile vergebens auf Kuno.
Nachdem das Schiff sich bis auf einige Matrosen
entleert hatte, stieg er in den untern Schiffsraum
hinab und fand hier Kuno in einem düsteren Win-
kel völlig in sich selbst versunken; er hörte sein
Nahen nicht, ja er schien nicht einmal zu bemerken,
daß das Schiff angelegt hatte. Erst als Gutenberg die
Hand auf seine Schulter legte, blickte er auf, doch
wie in halbem Traume. Er fuhr sich durch die
kurzen Haare über der hohe Stirne, zuckte zusammen
und sagte dann mit erzwungenem Lächeln:

„Ihr seht mich so traurig an, edler Junkherr, als
hielte das Unglück mich fest im Arme. Dem aber
ist nicht so. Seht, ich schüttle mich, und der Schmerz
fällt ab und der lustige Spielmann steht wieder vor
Euch."

Damit sprang er auf und wollte nach seinem Instrumente greifen, aber es war oben geblieben. Angelo hatte es sorgfältig zur Seite gelegt.

„Die Fidel fehlt dem Spielmann, drum kann er
nicht recht lachen," fuhr er fort und versuchte dreist
in Johann's Auge zu schauen, doch plötzlich, wie
von einer überwältigenden Empfindung bezwungen,
warf er sich an seine Brust und schluchzte: „Ich
kann, kann nicht mit Euch weiter ziehen, — nicht
hier in dem engen Raum dieses Schiffes bleiben.
Entbindet mich meines Wortes. In Holland finde
ich Euch wieder. Erst aber muß ich über die Berge,
muß durch die Wälder ziehen — mir die Brust zu
erweitern — hier ersticke ich. Doch seid versichert,
ich halte Euch Wort — wenn dieser kurz geschorne
Schädel nicht an einer zu schroffen Ecke zerschellt.
In Harlem, wo Ihr zunächst bleiben wollt, bin ich
wieder an Eurer Seite, — und wollt Ihr wirklich
Geselle werden, in welcher Zunft es auch sei, ich

schließe mich Euch an und lasse die Fibel so lange ruhen. Als Dolmetscher kann ich Euch nützlich werden, und kann Euch auch wohl manche beachtens= werthen Winke gebe, da ich schon längere Zeit mit den schwerzugänglichen Holländern verkehrte. Nur jetzt sucht mich nicht zu halten — nur jetzt nicht. Es treibt mich fort von dem Schiffe; und dann auch verlangt es mich, seit ich heute an diesen Bergen aufgeschaut einer Sache nachzuspüren, mit der ein Theil meines Lebens zusammenhängt, und die ich gerne klar durchschauen möchte."

"Wie Ihr wollt, so sei es, Kuno. Euer Wort soll kein Zwang für Euch sein, allein ich meine, es wäre besser für Euch und den Frieden Eurer Seele, Ihr bliebet bei mir und Antonio, der Euch gerne die Hand zu einer nützlichen Thätigkeit bieten möchte, was Euch allein wieder dauernde Beruhigung bringen könnte."

"So meint Ihr — ich nicht, Junkherr. Nur ein wildes, abenteuerliches Leben kann mir das Da= sein noch erträglich machen. Was kann auch der Kaufmann mit mir wollen? Mich vielleicht zum Kehrbesen seines Waarenlagers erheben, oder zu so etwas dergleichen — als große Vergünstigung für den Vagabunden?"

„Seid nicht so bitter, so ungerecht. Zog Euch nicht der freundliche Mann selbst in dieser Kleidung an seinen Tisch?"

„Um ihm und seinem Kinde die Zeit zu kürzen," höhnte Kuno. „Ja, Ja! so ist's Junkherr; doch nimmermehr beuge ich mich. Nicht von der Gnade, nicht vom Mitleid mag ich leben und ein Gegenstand der Neugierde sein. Oder, glaubt Ihr, daß dem Vogelfreien aus andern Gründen die Hand geboten wird? O nein, für ihn giebt's keine Heimath mehr, — sein Dasein ist rettungslos den finsteren Mächten verfallen; — nur etwas bleibt ihm, etwas, das unvertilgbar in seiner Seele lebt, als ein Strahl von oben, den auch die Macht der Hölle nicht vernichten kann. Es ist — wie nenne ich sie doch gleich, diese innere Lebenskraft, die selbst ein elendes, zerstörtes, mißhandeltes Dasein, wie das meine, nicht ganz versinken läßt!" —

„Es ist die Liebe —" sagte Gutenberg, „die unversiegbare Liebe zu Gott und der Welt, die Euch an den Boden kettet, dem Ihr entsprossen, Euch fesselt an die Menschheit, selbst Euch, den Ausge-

stoßenen, — und dieser göttliche Funke ist es auch
wieder, der Euch Freunde bringt. Reicht ihnen ver=
trauensvoll die Hand. Wir bieten sie Euch mit
Freuden, ich, Antonio und Angelo."

„Nein, nein, jetzt nicht, jetzt muß ich scheiden.
Euch sehe ich wieder, Johann Gutenberg, und
was dann werden wird, — ob ich meinen Bahnen
folge oder den Euren — wer kann das jetzt schon
bestimmen, wo so Vieles dem Zufalle oder Geschick
anheim fällt. Als ich in des Wahnsinnes Nacht
wieder etwas Helle verspürte" fuhr er in Erinne=
rungen versunken fort, „trieb es mich, das Land
aufzusuchen, wo meine Wiege gestanden. Dort, so
war mir, könne ich dem Geheimniß, das mein Da=
sein umhüllt, näher kommen und den Mann finden,
der es mir gegeben. Es gelüstetete mich, mit ihm
abzurechnen, die Schmach und den Tod der Mutter
an ihm zu rächen — der Sohn an dem Vater.
Unterwegs in einer Bauernschenke traf ich einen
Spielmann, der lachend starb, die Fidel im Arme,
von jubelnden Paaren umdreht. Sie tanzten und
lachten noch, als seine Weise in einem schrillen Tone
hinstarb, dann begruben sie ihn weinend. Sein
Loos schien mir beneidenswerth. Ich beanspruchte

fein Inſtrument als Erbſtück und erhielt es zum
Lohn für fröhliche Tänze, die ich darauf ſpielte.
Der junge Muſikant machte den alten bald vergeſſen.
Der fahrende Spielmann war erſetzt. So reiſte
ich von Ort zu Ort bis ich das Land erreichte,
das ich ſuchte. Ich betrat die Wälder wieder, die
mein junges Leben geborgen, doch kein Licht wurde
mir in ihrer ſtillen Dunkelheit. — Ihn — nach
dem mich am heftigſten verlangte, fand ich nicht.
Ich kam durch Städte und Dörfer und erreichte
endlich Prag. In der großen Stadt voller Studenten und Profeſſoren ſuchte ich nach einem alten Gelehrten, um in ihm einen Theil der geliebten, todten
Mutter wiederzufinden, und vielleicht einen Finger-
zeug für meine Forſchungen. Doch kaum wurde es
mir möglich, das Grab des längſt Verſtorbenen zu
erkunden. Sein Name, wie der ſeines ſchönen Kindes war eine vergeſſene Sache geworden. Da betrat ich die Schenken und ſpielte den Studenten der
berühmten Univerſität luſtige Weiſen auf. Der fahrende deutſche Spielmann war bald ein willkomm-
ner Gaſt bei ihren nächtlichen Gelagen. Doch nicht
lange reizte mich die tolle Luſt. Was ich in den
Morgenſtunden erlauſchte, feſſelte mich mehr. Ich

horchte den Lehren des Huß in der Bethlehemskirche und las seine Schriften, und forschte weiter. Mein Leben wollte eine andere Wendung nehmen, da zog er fort der edle Mann, ruhig und sicher, mit des Kaisers Geleitsbrief in der Hand. — Aengstliche Blicke folgten ihm, — mich zog es ihm nach an das Ufer des Bodensees; — — doch ich erzählte Euch das schon einmal an Hemma's Lager. Als ich über ihm die Flammen zusammenschlagen sah, gelobte ich mir, den Samen, den er ausgestreut, in meiner Weise zu fördern, auch in diesem bunten, verachteten Kleide den freieren Ideen der Zeit Rechnung zu tragen — und ich 'that es seitdem, wie und wo ich es konnte."

„Thut Ihr Recht, den Aufruhr zu schüren?" fragte Gutenberg ernst. „Graut Euch nicht vor der blutigen Saat in Böhmen, die so furchtbar verheerend über die Länder zieht? Laßt uns versuchen in anderer Weise für das Glück der Menschheit zu arbeiten."

„Gift braucht Gegengift," rief Kuno in wilder Begeisterung. „Mord erzeugt wieder Mord. Mögen die Hussiten morden, sengen und brennen, Alles niederreißen, was ihnen in dem Wege liegt — wer

kann es ihnen verargen? Hat man ihnen doch das
reine, heilige Haupt abgeschlagen! So ströme es hin
das Blut, das dem Rumpfe entquillt und überfluthe
die Welt, und ersäufe die alte, haltlose Zeit in
seine rothen Wellen. Aus ihnen wird der Geist
des reinen und mildern Lichtes sich erheben, und
seine Fittige ausbreiten über Länder und Meere."

Gutenberg sah sinnend aufwärts. Ein tiefer,
fast trauernder Ernst lag in seinen Zügen; — es
war, als richte er eine große Frage an die Vor-
sehung, dann faßte er sanft die Hand seines auf-
geregten Gefährten und sagte:

„Wir stehen uns fern und doch nah, denn in
Euren wilden Worten liegt viel von dem, was auch
meine Seele erfüllt, und die Zeit eines vollen Ver-
ständnisses zwischen uns wird nicht ausbleiben;
Euer zerstörtes Gemüth wird einst wieder Ruhe
und Frieden finden. Laßt mich in Holland nicht
vergeblich Eurer warten und bleibt nicht zu lange
auf abenteuerlichen Wanderungen aus. Denkt in
Stunden bitteren Grolles und Schmerzes meiner
und Antonio's und erinnert Euch an des holden
Angelo's warme Theilnahme."

„Lebt wohl, Junkherr Gutenberg. Ich sehe Euch

bald wieder," rief Kuno, drückte rasch Johann's Hand und eilte davon, doch ehe er die Treppe hinaufstieg, die auf das Verdeck führte, blieb er einen Augenblick stehen, wandte sich noch einmal um und sagte: Grüßt Angelo von mir und bringt seinen dunkeln Augen mein Lebewohl."

Damit eilte er hinweg. Als Gutenberg das Schiff verließ, sah er ihn oberhalb der Stadt den Berg erklimmen.

Ein schwüler Abend folgte dem milden Frühlingstag. Hinter den Bergen, die südlich das Rheinufer begrenzten, zogen schwere Wolken auf, hin und wieder zuckte aus ihnen ein feuriger Kuß auf die Erde herab und beleuchtete in flüchtigem Widerschein die dunkle Wasserfläche. Kein Lüftchen bewegte ihren glatten Spiegel, das leicht bewegliche Element schien mit den Blättern, Blumen und Halmen in banger Ahnung des ersten Gewitters zu harren, das bestimmt war, die frühlingsheitere Natur dem glühenden Sommer in die Arme zu legen. Die sanften Zephyre wagten nicht mehr, mit den Blumen und Zweigen zu kosen, erschrocken vor dem drohenden Sturme wehte ihr Athem, kaum noch vernehmbar, über sie hin. Selbst der Wisperwind, der bis zur Lützelau sein vorwitziges Säuseln trug, regte sich nicht, es war, als sei seine enge Heimath sein Schlummerbette geworden, so still war's in dem Thale, in dem nur das Murmeln des Baches ganz leise sich bemerklich machte. Auch die Menschen hatten sich frühzeitig in die schützenden Häuser eingeschlossen, ängstlich den schwülen Abend der Nacht und ihren Gefahren anheimgebend. Am Ufer des Rheines allein war noch einiges Leben. Die Matrosen befestigten die Schiffe mit größerer Sorgfalt und räumten die Verdecke ab, dann wurde es auch hier völlig stille.

Kuno war indessen auf dem Gipfel eines Berges, der hinter der Stadt sich erhob, angelangt und sah in die dunkeln Wolken hinein und lauschte dem langsamen näher kommenden Donnergerölle. Ein unübersehbarer Wald breitete sich dunkel auf der Höhe aus, unten leuchtete zauberisch der Strom, von den sich immer schneller aufeinander folgenden Blitzen. Kuno ließ sich auf einem vorspringenden Felsstücke nieder, das über einem jähen Abgrunde hing. Sein Haupt war entblößt, — die Kappe mit der Pfauenfeder fehlte dem kurz geschnittenen Haare.

Was wohl die Brust des fahrenden Spielmanns

beengen mochte? — Sie hob und senkte sich in
raschem Wechsel, und sein Auge flammte düster auf,
so oft die Blitzes-Fackel einen Thurm beleuchtete,
der ihm gegenüber auf steilem Felsenberge wie ein
grauer unheimlicher Riese stand. Ein plötzlicher
heftiger Windstoß fuhr über das Thal und hallte
durch die Wälder und dröhnte in den Schluchten; —
Kuno sprang auf und trat in den Schutz der Bäume,
durch deren Wipfel es wie tausend und aber tausend
Geisterstimmen sauste. Immer wilder zuckten die
Blitze, immer lauter rollte der Donner und es
krachte und stöhnte und pfiff, als ob das wilde
Heer heute seine tollste Jagd halten wollte. Nacht-
vögel mit feurigen Augen schwangen krächzend ihre
dunkeln Fittige um Kuno's Haupt — doch er achtete
nicht auf alle diese Schrecken.

Rüstig durchschritt er das Buschwerk und bald
hatte er einen schmalen Pfad erreicht, der ihm wohl-
bekannt zu sein schien, denn ohne Säumen schritt
er darauf weiter. Nach einer Weile senkte sich der
Weg in eine tiefe Schlucht hinab und zog sich eine
gute Strecke darin fort, dann wand er sich bald
auf- bald abwärts in vielen Krümmungen, bis er auf
einen kleinen freien Platz auslief, den mächtige Bäume

und hohes Buschwerk umschlossen. Rauch und Gluth
verkündeten hier eine Kohlenbrennerhütte. Unweit
derselben, an dem kolossalen Stamm einer alten Eiche
gelehnt stand eine Hütte, auf deren bräunlich gelbes
Strohdach die glühenden Kohlen einen röthlichen
Schimmer warfen.

Kuno nahte sich schnell dieser kleinen Behausung,
und pochte an ihrer Thüre an; doch erst nach geraumer
Frist that sie sich langsam auf. Ein ältliches Weib
kam heraus und maaß den nächtlichen Besuch mit
scharfem Blicke.

„Wer seid Ihr?" fragte sie hierauf halb erschrocken. „Ihr seid doch nicht Kuno von —"

„Schweig! Nenne den Namen nicht, den ich trug,
als ich hieher zu Gisela kam. Wir Beide haben
uns seitdem verändert. — Doch komm in die Hütte,
ich habe mit dir zu reden."

Zögernd folgte das Weib dieser Weisung, allein
sie mochte wohl einsehen, das sie den ungeladenen
Gast nicht abhalten könne, einzutreten, denn ihr
Blick, der schnell zur Kohlenhütte hinüber schweifte,
entdeckte dort Niemand. Der Köhler hatte, von
dem Gewitter verscheucht, sich in seine Hütte ver-
krochen.

„Was treibt Euch bei Nacht und Unwetter zu
der Mutter Gertrud?" fragte das Weib, als sie in
der dunkeln Stube einen Kienspahn angezündet und
damit Kuno's Gestalt von oben bis unten beleuchtet
hatte. „Seid Ihr doch nicht krank, wie Euer Aus=
sehen zeigt, und — Gisela ist fern. Was wollt
Ihr also bei der Kräuterfrau am Keberichsstein?"

„Den Teufel bannen, der in den Felsen haust,
und in dich gefahren ist, als du Gisela der Hölle
verschriebst," fuhr Kuno wild auf und packte das
Weib hart an, indem er fort fuhr: „sagen sollst
du mir, Hexe, weshalb du das Mädchen nach jenem
Kloster schlepptest, das nicht einmal mehr den Na=
men eines Heiligthums trägt, sondern verrufen ist
bei Gott und den Menschen? Wahrheit will ich von
dir. Rede, warum thatest du so an dem Kinde,
das du dein eigen nanntest, Rabenmutter?"

„Herr, was ich that, geschah nach höherem
Willen," stammelte das Weib. „Gisela war nur
ein unvertrautes Gut; ich gab es zurück."

„An jenes Kloster?"

„Dem Kloster war sie geweiht, seit sie das Licht
der Welt erblickte," erwiderte das Weib ausweichend.

„Forſcht nicht weiter, edler Junkherr, ein heiliger
Eid bindet meine Zunge."

„Ein heiliger Eid die Hexe!" rief Kuno höhniſch
und fuhr ingrimmig fort: „Was iſt dir heilig? dir,
die du Giſela nach jenem Orte brachteſt, der unter
dem Deckmantel des Himmels ein Pfuhl der Sünde
geworden iſt? Sprich, wer war es, der das arme
Opfer dazu beſtimmte? Ich will es rächen an ihm."

„Das vermöchtet Ihr nunmermehr, wenn Ihr
auch wüßtet, wer Giſela's Geſchick beſtimmte. Laßt
ab von dieſer Fährte. Ich beſchwöre Euch darum.
Zu was ſollte es auch führen? Iſt ſie doch für immer aus der Welt geſchieden, in die ihr Leben nicht
hinein gehörte. Wäret Ihr nicht in unſere Einſam-
keit gedrungen, hättet Ihr des Mädchens Herz nicht
mit ſündiger Liebe erfüllt, der Wald und die Kloſter-
mauern wären das Einzige geweſen, was ſie je kennen gelernt."

„Der Wald und jene Klauſe — ein heiliger
Hain voll ſüßer Poeſie und Freuden, und eine Höhle
voll Schmutz und ſündiger Luſt!" klagte Kuno mit
wildem Schmerz.

„Was Ihr da ſagt, ich faſſe es nicht. Habt

Ihr Gisela gesehen? Ist sie nicht wohl geborgen?" forschte mit lauerndem Gesichte das Weib.

Kuno warf einen durchbringenden Blick auf die Alte und sagte:

„Mich täuschest du nicht. Du wußtest es, wohin du Gisela führtest, und du sollst mir trotz deinem heiligen Eide Alles bekennen, oder, so wahr ich ein fahrender Spielmann geworden, ich brenne deine Hütte nieder, Hexe, und sie soll dein Scheiterhaufen werden. — Ah, es ist schön, grausig schön —" fuhr er mit einem Anfluge des Irrseins fort; „zwischen Flammen zum Himmel aufwärts zu fahren, lustig muß es sein, in dem heißen Höllen-Elemente der Hölle zuzueilen — dein Loos, so du mir nicht Alles bekennst." Er griff nach des Weibes struppigem Haar, das verworren ihr verwittertes Gesicht umflatterte — doch sie schlüpfte unter seinen Händen durch und stand im Nu im Hintergrund der Stube. Dort befand sich eine Art Heerd, eine Ruthe lag darauf. Sie schwang diese drohend gegen Kuno, dann im Kreise um sich her und ein bläulicher Dunst umkreiste sie und gab ihr ein grauenhaftes, gespenstisches Aussehen.

„Nahe mir nicht!" gebot sie mit hohler Stimme.

„Ober du bist des Todes! Deine Drohung soll sich
an dir selbst erfüllen. Ich fürchte sie nicht. Mein
Leben ist gefeit. Rührst du mich an, ist das deine
verloren."

Kuno, obgleich fast gänzlich frei von dem finstern Aberglauben seiner Zeit, empfand doch bei
dem Gebahren des Weibes einen Nachhall davon in
sich und unentschlossen blieb er einige Augenblicke
stehen, dann aber, dieser Schwäche sich schämend,
sprang er auf sie zu, packte sie fest an und riß sie
in den Vordergrund der Stube. Der blaue Dunst
verschwand in Dunkelheit und Kuno rief höhnend aus:

„Ist das deine ganze Zaubermacht, Hexe? Beuge
dich vor mir, — sie war mit leichter Mühe überwunden."

Er drückte das Weib auf die Knie nieder. Sie
rang die Hände — und einsehend, daß sie ihn mit
ihren geheimen Künsten nicht blenden könne, schlug
sie den Weg der Bitte ein und flehte in jammer-
vollen Tönen, ihrer zu schonen, betheuerte ihre Unschuld und versprach ihm, so viel von Gisela's Herkunft und Geschick zu erzählen, als sie selbst wisse.

„Nun so rede!" sprach er gebieterisch; und sie
begann:

„Ueber Gisela's Geburt schwebt ein Geheimniß, das ich nicht zu erforschen trachtete, und das Wenige, was mir davon bekannt geworden, habe ich gelobt, zu verschweigen, doch da Ihr mich zu reden zwingt, mögt Ihr das, was ich davon weiß, erfahren. Gisela hatte kaum das Licht der Welt erblickt, als ein grausés Geschick ihre Mutter ereilte. Ob es die Folge eines Verbrechens war — ich weiß es nicht. Die Arme verfiel in böses Wesen und man schickte nach der Mutter Gertrud, die schlimme Krankheit zu besprechen. Allein der böse Geist blieb in ihr, bis sie starb. Ihr Kind, um dessen Dasein nur Wenige wußten, wurde mir übergeben. In Waldeinsamkeit sollte es verborgen bleiben, bis sein Leben in heiligen Mauern sühne, was auf seinem Erzeuger lasten mochte. Ich nannte Gisela mein Kind, man belohnte mich dafür und ich fragte der Sache nicht weiter nach, geduldig des Rufes harrend, der mir gebieten würde, sie zurückzugeben oder sie in ein Kloster zu geleiten. Da fandet Ihr das Mädchen — und schwere Sorge kam über mich, denn ihr ließet Euch nicht zurückweisen und ihr Sinn und Herz hing sich mit inbrünstiger Liebe an Euch und Ihr lehrtet sie Dinge, von denen sie bis dahin nichts

verstanden. Als ich entdeckte, was mit ihr vorging,
war es zu spät, sie vor Euch zu flüchten. Ich
wußte nicht, was beginnen, — wußte nicht Rath
noch Hilfe und sah mit Schrecken der Stunde ent=
gegen, die über ihr Geschick bestimmen sollte. Da
stürzte Eure stolze Burg zusammen — Ihr bliebet
aus — und grausige Kunde von Euch und den
Euren drang an mein Ohr. Gisela klagte um Euch
und wähnte Euch ungetreu. Der Ruf in's Kloster
kam — und willig folgte sie mir."

„Doch nicht in jenes Kloster, Weib?" wider=
sprach Kuno heftig.

„Nein, ich sollte sie in die große Stadt jenseits
des Rheines bringen, und zog mit ihr fort über die
Berge. Sie schleppte sich nur mühsam weiter und
schon am Abend des zweiten Tages sank sie krank
an der Pforte des Hauses nieder, das sie dann
nimmer verließ. Man pflegte sie liebreich und gut.
Sie wollte nicht weiter wandern und nahm den
Schleier in jener Klause, von der Ihr so schlim=
mes berichtet. Nicht ich, Herr, trage die Schuld
daran, — nicht Jener, der ihr Geschick bestimmte,
— sie selbst wollte es so."

„Und dir wurde reicher Lohn dafür," erwiderte

Kuno bitter. „Dort nahm man Gisela um ihrer
Schönheit willen freudig auf, und ließ ihre Mitgift
für's Kloster in deiner Hand. Was hat dieser Schatz
dir genützt, Weib?" fuhr er heftiger fort. „Zu was
brauchtest du Geld in dieser elenden Hütte? Fluch
über diesen Sündenlohn, um den du das unerfah=
rene Kind an jenem Orte zurückließest, der ihr Ver=
derben wurde!"

„Ihr thut mir Unrecht!" eiferte das Weib. „Got=
tes Strafe treffe mich, so ich Gisela's Unglück wollte."

„Du sahest die lustigen Weiber jenes gesunkenen
Heiligthums, und dachtest wohl gar, das Mädchen
glücklich zu machen, indem du sie ihrem Hause als
Eigenthum übergabst? Nicht, Hexe?" rief er wild
und sein Auge funkelte sie drohend an.

„Glaubt, was Ihr wollt," jammerte die Alte.
„Ich kann's nicht ändern, und thut, was Ihr wollt
— doch bedenket, Ihr ändert damit nichts. Was
geschehen ist, ist nicht mehr anders zu machen —
und wissen sollt Ihr noch, daß außer mir und Euch,
Niemand mehr lebt, der um Gisela's Geschick sich
kümmert. Es ist gänzlich abgeschlossen. Verlangt's
Euch nach Rache? Wohl, so nehmt sie an einem
alten Weibe. Zündet meine Hütte an; — verbrennt

die Hexe und sehet zu, ob Ihr noch einmal Euer Haupt zur Ruhe niederlegen könnt."

„Das käme wenig in Betracht, Alte, wenn es mich gelüstete, dich zu verderben," erwiderte er mit einem Blick des Hasses und der Verachtung auf das Weib, das sich am Boden krümmte. „Doch was nützte der Armen dein Tod — was fruchtet überhaupt all diese Pein und Qual süßer und herber Erinnerungen, die mich hieher geführt. Ich war ein Thor, zu wähnen, hier sei noch etwas zu retten, zu sühnen. — Fort — fort von diesem Orte! und Fluch allen denen, die mein und Gisela's Verderben heraufbeschworen!"

Er stürzte aus der Hütte, — er eilte, ohne des Weges zu achten, vorwärts immer weiter durch Thäler und Schluchten, über Hügel und Berge, als könne er durch diese eilige Flucht der Qual seines Innern entfliehen. Der Himmel hatte sich indessen wieder gelichtet, — nur einzelne Wolken zogen noch in eilendem Laufe über die Sterne, dem Gewitter nach, das sich in der Ferne verloren. Als Kuno nach einigen Stunden auf der Höhe eines Berges anlangte, blickte ihm von der waldgelichteten Spitze desselben ein grauer Thurm entgegen.

Er bebte, wie vor einem Schreckgespenste, davor zurück und ein Aufschrei des Entsetzens drang aus seiner Brust, dann aber plötzlich, wie von einem tiefschmerzlichen Gefühle übermannt, bedeckte er mit beiden Händen die thränenden Augen und gesenkten Hauptes wandte er sich zur Seite und bahnte sich einen Weg durch wildes Gestrüpp, bis er am Abhang des Berges auf einer öden, von Felsen umgebenen Stelle anlangte. Hier stürzte er laut schluchzend neben einem aufgeschichteten Steinhaufen nieder und sein Gesicht drückte sich fest auf den dürren Boden, dem nicht die kleinste Blume entsproß. Melancholisch schaute der graue Thurm von der Spitze des Berges über Bäume und Felsen hinweg nach dem Sohne, der in heftigstem Schmerze die Erde küßte, die den Leichnam seiner Mutter barg.

Inzwischen zog der erste Tagesstrahl am östlichen Horizonte herauf und warf einen röthlichen Schein über die verfallene Burg und erhellte die einsame Grabesstätte mit seiner belebenden Macht. Was in Kuno's Brust in wildem Durcheinander tobte: Schmerz, Liebe, Haß und Rache, löste sich nach und nach in Thränen auf. Sie fielen zur Erde und mischten sich mit dem Nachtthau, der

zu glitzern begann, der stärkende Athem des Mor-
gens wehte darüber hin und trocknete sie auf. Des
Himmels heiteres Blau lockte Kuno's Blick aufwärts
— seine beengte Brust erweiterte sich wieder, und
als rings um ihn her die schlummernden Leben in
heiligen Tönen sich zu des Tages Lust und Arbeit
rüsteten, erhob seine Seele ein wortloses Gebet,
und Muth und Kraft kehrten ihm wieder. Er schied
von dem Grabe und ging langsam, doch festen Schrittes dem grauen Thurme zu, und sein Auge weilte
prüfend auf den zerstörten Mauern, die ihn einst
in der glücklichsten Zeit seines Lebens umschlossen.
Nirgends zeigte sich mehr ein wohnlicher Raum.
Moos und junges Epheu suchten liebend die Zerstörung mit ihrem zarten Grün zu umkleiden; —
aber noch war die Zeit zu kurz dafür; noch waren
die Spuren einer nicht allzu langen Verlassenschaft
den halbzertrümmerten Hallen zu deutlich aufgeprägt.

Ein Sturm drohte abermals in Kuno's Innerem
aufzusteigen: — sein Auge flammte, seine eine Hand
ballte sich krampfhaft, mit der andern griff er wild
in das kurzgeschnittene Haar; — da schallte heller
Glockenton aus dem Thale herauf und im goldenen
Sonnenstrahle prangte plötzlich das düstere Gemäuer.

Kuno trat geblendet davon einige Schritte vorwärts und stand am jähen Abhange des Berges. Unter ihm lag die freundliche Stadt, in ihren Straßen regte es sich lebendig, und in den breiten Strom, der sie begrenzte, fuhren große und kleine Schiffe hinaus mit ausgespannten Segeln und flatternden Wimpeln. Der Gesang der Schiffer mischte sich in das Glockengeläute, und in den nahen Wäldern stimmte das Morgengejauchze der Vögel mit ein. Ueberall heiteres Leben, unter ihm, über ihm, um ihn her. Es war, als wolle der sonnige Morgen auch die Nacht aus Kuno's Brust verscheuchen, um seine Seele in frischer Kraft dem hellen Tage zu erschließen. Er beugte sich über den Abgrund hinab, — sein Auge folgte den Schiffen, — es suchte und fand das Fahrzeug, das ihn gestern getragen. Stand nicht dort Johann mit Antonio und Angelo? Spähten sie nicht herauf nach ihm? — War es ihm doch, sie riefen ihm zu: „Komme herab! folge unserer Spur!" Und waren es nicht Angelo's Augensterne, die ihn magnetisch mit unwiderstehlicher Gewalt hinunter ziehen wollten, ihnen nach?

„Holder Knabe, wunderbares, süßes Kind, welch namenloser Zauber liegt in deinem Wesen!" sprach

er leise vor sich nieder, und: „ich folge Euch nach,"
rief er laut hinaus, so laut, daß das Echo in den
Bergen es wiederholte und verrätherisch die Worte zu
dem Schiffe trug.

„Wer sprach hier? Tönte nicht Kuno's Stimme
durch die Lüfte?" fragte Angelo mit staunendem
Blicke Johann.

Ich folge Euch nach — nach — nach, klang es
abermals.

Johann sah an dem Berge empor, den sie eben
umschifften und Angelo flüsterte:

„Dort oben weilt er — Oder ist es sein Geist?"
Angelo — nach — nach — hallte das Echo
wieder, doch leiser, undeutlicher — allein es hallte
so fort, tönte so in Angelo's Ohr, bis die Ber-
gesspitze mit seinem grauen Thurme entschwand,
und hallte in seinem Herzen immer wieder, das
so oft das Schiff landete, am Ufer den fahrenden
Spielmann zu finden hoffte. Doch vergebens. Von
Kuno zeigte sich nirgends eine Spur.

Als Antonio in Holland sich von Johann trennte
und ihn nochmals dringend an sein Versprechen
mahnte, bald durch Frankreich nach dem Süden zu

wandern, und den Weg nach Venedig einzuschlagen,
setzte Angelo rasch hinzu:

„Wenn Ihr dem armen Kuno inzwischen begeg=
net, so nehmt ihn mit, — laßt ihn nicht mehr von
Euch und sagt ihm: Angelo wolle ihm auch Mäh=
ren erzählen, bessere, als die seine gewesen, er
solle kommen, sie anzuhören. Und dann sagt ihm
noch, er dürfe in Venedig Angelo's Harfe statt
seiner Fibel spielen und ich würde ihm schöne Lieder
dazu singen, bei denen er die traurigen Mähren
seiner Heimath vergessen soll. Sagt ihm dies —
und sagt ihm noch vieles, was sein krankes Gemüth
beruhigen kann. Und nun lebt wohl, Junkherr Gu=
tenberg. Angelo ist Euch von Herzen gut; — kehrt
Ihr einst bei Antonio ein, freut es den Sohn nicht
minder als den Vater."

Ein reizendes Lächeln umzog bei den letzten
Worten einen Augenblick Angelo's frischen Mund,
dann reichte er Johann die Hand zum Abschiede
und sagte mit warmem Händedruck:

„Auf frohes Wiedersehen in der Markusstadt —
und vergeßt mir ja den Spielmann nicht."

www.ingramcontent.com/pod-product-compliance
Lightning Source LLC
Chambersburg PA
CBHW020849020726
47497CB00005B/1321